僧侶の歌

Souryo no Uta

小池一行

コレクション日本歌人選059
Collected Works of Japanese Poets

笠間書院

『僧侶の歌』

目次

凡例

一、本書には、奈良時代から江戸時代までの比較的名の知られた僧侶の歌四十九首を載せた。

一、本書は、仏教に関する専門的な知識に由来する歌をなるべく避け、その人物について親しみやすく感じられる民衆教化の歌を多く取りあげた。

一、本書は、次の項目からなる。「人物名」「作品本文」「出典」「口語訳（大意）」「閲歴」「鑑賞」「脚注」・「僧侶の和歌概観」「人物一覧」「筆者解説」「読書案内」「付録」。

一、作品本文はそれぞれの僧侶の歌を載せる資料によったが、適宜漢字をあてて読みやすくした。

一、鑑賞は、基本的には一首につき見開き二ページを当てたが、重要な作については特に四ページを当てた。また一人の僧につき二首を取り上げた場合もある。

一、巻末の「付録」には、参考として、本書で取りあげられなかった僧侶の歌を江戸末期の『道歌百人一首』より載せた。

僧侶の歌

01

霊山《れうせん》の釈迦《しやか》の御前《みまへ》に契《ちぎ》りてし真如《しんによ》朽《く》ちせずあひ見つるかな

行基菩薩《ぎようきぼさつ》

【出典】拾遺和歌集・哀傷・一三四八

天竺《てんじく》の霊鷲山《りようじゆせん》でお釈迦様の説法を聞いたとき、その御前で再会を誓った二人でしたが、その真理の道は今なお行われていて、今ここに再会することが出来ました。

【閲歴】奈良時代の法相宗《ほつそうしゆう》の僧。天智天皇《てんじてんのう》七年（六六八）に和泉《いずみ》の国に生まれる。百済王《くだらおう》の後裔《こうえい》といわれ、俗姓を高志氏と言った。十五歳で奈良の薬師寺に入り、慧慶、道昭に師事、義淵に従って法相の奥義《おうぎ》を究めた。民間僧を指揮して全国を遊行《ゆぎよう》して廻り、聖武《しようむ》天皇が押し進めた東大寺大仏造営に功があり、天皇から初めて大菩薩の号を賜る。天平勝宝《てんぴようしようほう》元年（七四九）二月二日、大仏開眼《だいぶつかいげん》に先立って菅原寺に於いて八十二歳で寂《じやく》。世に文殊《もんじゆ》の化身と称された。

本書の巻頭は、東大寺の大仏建立で有名な行基の歌で始める。この歌は、土木工事に長じ諸国に道路や橋・堤《つつみ》を築き、国分寺以下の四十九寺を建てるなど、民間布教に尽くした行基が、中国からインド僧菩提遷那《ぼだいせんな》こと婆羅門僧《ばらもんそう》正《じよう》を迎えたときに詠んだとされるもの。

夢で文殊菩薩が中国の五台山《ごだいさん》にいると知って南天竺《みなみてんじく》から唐へ渡った遷那《せんな》は、

【詞書】南天竺より東大寺供養《くよう》にあひに、菩提《ぼだい》が渚《なぎさ》に来着《きつ》きたりける時、よめる。

【語釈】○霊山―霊鷲山《りようじゆせん》。中インドの摩伽陀《まかだ》国王舎城の東北に当たり、釈迦の説教・教化の聖跡。○真如―変化

入唐《にっとう》留学僧らの要請を受けて、天平《てんぴょう》八年（七三六）に九州に来日した。源俊《みなもとのとし》頼《より》の『＊俊頼髄脳《としよりずいのう》』は、「聖武天皇は行基から、＊東大寺の落慶供養《らっけいくよう》に会うために婆羅門僧正がまもなく来ると聞いてその到着を待ったが、なかなか姿を現さない。そこで行基ら百名の僧は天皇の命を受けて難波《なにわ》の港に迎えに出た。折敷《おしき》に香花《こうげ》を供えて海に浮かべると、やがてその折敷の花に導かれて僧正一行が姿を現した。その時、天皇から歌を詠めと勧められた行基が詠みかけた歌」と記している。釈迦《しゃか》在世中に二人は既に会っていたという伝説が踏まえられており、行基本人が詠んだとは思えないが、遷那を迎える行基や天皇の感激の程が、釈迦が説法《せっぽう》をした霊鷲山からの時空を越えた仏縁《ぶつえん》であることを強調した点によく示されている。天平十五年（七四三）十月、聖武天皇の大仏造《だいぶつぞう》立《りゅう》発願《ほつがん》で始まった一大事業は、同十九年九月二十九日いよいよ鋳造《ちゅうぞう》が開始されたが、大仏造営の勧進《かんじん》に起用された行基はその二年後、盧舎那《るしゃな》仏の完成を待たずに入寂し、この遷那が導師《どうし》となって供養を果たした。

藤原清輔《ふじわらのきよすけ》の『＊袋草紙《ふくろぞうし》』には「権化《ごんげ》の人の歌」の項に、行基を「文殊の化身」とし、この歌ともう一首、「法華経ヲ我得シ事ハ薪《たきぎ》コリ菜《な》ツミ水クミ仕《つか》ヘテゾエシ」という行基の歌を載せている。

してやまない現象の仮想に対する宇宙万有の実体を指す。真実の相。

＊俊頼髄脳―平安時代後期の歌人源俊頼の歌論・歌話。

＊東大寺の落慶供養―東大寺は聖武天皇の勅願により国《こく》分総寺《ぶんそうじ》として奈良飛鳥《あすか》に建立された。落慶供養は、神社や寺院の竣工《しゅんこう》や修繕の完了時に行われる儀式。導師はその法会《ほうえ》の首座として儀式を取り仕切った。

＊袋草紙―平安後期、藤原清輔が著した歌学書。歌人に関する多くの逸話を残す。

【補説】江戸時代末期の『道歌《どうか》百人一首』には行基の歌として「山鳥のほろほろと鳴く声きけば父かとぞ思ひ母かとぞおもふ」を載せているが、俗説と思われる。

02

婆羅門《ばらもん》僧正遷那《せんな》

迦毘羅衛《かびらゑ》にともに契《ちぎ》りしかひありて文殊《もんじゆ》の御顔《みかほ》あひ見つるかな

【出典】拾遺和歌集・哀傷・一三四九

ヒマラヤの麓《ふもと》カピラエのお釈迦様の前で、お互いに将来の再会を誓いあった心が今報われて、文殊であるあなたのお顔をこうして拝することができました。

【閲歴】菩提遷那《ぼだいせんな》は七〇四年に南天竺に生まれたインド僧。日本では波羅門僧正・菩提僧正と称され、文殊の化身とされた。五台山の文殊菩薩の霊応《れいおう》を聞き中国に渡る。天平八年（七三六）遣唐使多治比真人広成《たじひのまひとひろなり》等の要請を受けて渡来、同年五月十八日大宰府に到着。八月には難波に着いて大安寺に住した。天平勝宝《てんぴょうしょうほう》四年（七五二）東大寺大仏の開眼供養《かいげんくよう》の導師を務め、天平宝字《ほうじ》四年（七六〇）二月二十五日、五十七歳で寂。

『拾遺集《しゅういしゅう》』に、先の行基の歌に対する遷那の返歌《へんか》として収められている。

それをそのまま信ずれば、行基の歌に応《こた》えて、バラモン僧である遷那が「約束どおり文殊であるあなたのお顔を再び拝見できて喜ばしい」と返したことになる。しかし、インド人の遷那が和歌を詠《よ》めたわけはないから、『袋草紙』などは、この歌は婆羅門僧正が難波の港で船から下りた時、行基がその手を

【語釈】○婆羅門僧正《ばらもんそうじょう》―「婆羅門」はインド四姓中最高の僧。ここでは菩提遷那のこと。○伽毘羅衛《かびらゑ》―北インド、ヒマラヤ山麓、釈迦誕生の地。

取って詠んだのだと、行基の歌という解釈に変えている。その場合「文殊の御顔」というのは遷那の顔を指すことになる。

『俊頼髄脳』には、和語《わご》であって本来漢語《かんご》や仏語《ぶつご》を詠むものではないが、*古い歌には多く見えるとして、後で見る最澄《さいちょう》の歌や、行基とこの婆羅門僧正の歌を例示《れいじ》している。この歌が行基の歌に合わせて後に創作されたことはほぼ確かだ。おそらくは、諸国に国分寺・国分尼寺《にじ》を建て、東大寺大仏を鋳造するなど、仏教を篤《あつ》く保護した聖武天皇を賞賛するための聖武天皇説話に関連して作られたものと思われる。はるか昔の釈迦生存時に二人が会っていたという*前世《ぜんせ》の噺《はなし》を導入したり、行基の顔を「文殊の御顔」とするなど、行基や遷那を文殊の化身とする後世の伝承によったものと思われる。この伝説は、『*三宝絵詞《さんぽうえことば》』中の三の後半部を独立させた『今昔物語集』巻第十一の、「婆羅門僧正、行基に値《あ》はんために天竺より来朝する語」にも載っている。

聖武天皇の遺愛《いあい》の品々は光明《こうみょう》皇后によって、東大寺の正倉院《しょうそういん》に収められた。いわゆるシルクロードの東の終着地、奈良には国際色豊かな文物が集積されているが、大仏開眼会《だいぶつかいげんえ》にも使用されたであろう「伎楽面《ぎがくめん》」には、婆羅門僧正に代表される渡来人達の風貌《ふうぼう》が窺える。

*古い歌には―万葉集・巻十六にもこの遷那の名を取りこんだ「婆羅門の作れる小田をはむ烏《からす》まぶた腫《は》れて幡《はた》桙《ほこ》に居り」という歌が見える。幡を立て石桙《ほこ》を並べて独自の説法を行ったものらしい。

*前世の噺―釈迦や諸仏などが前世に生きていた時の行いを記した話。高僧などの権化《ごんげ》にも前生譚がある。本生譚ともいう。

*三宝絵詞―九九八年、源為憲《ためのり》が冷泉院皇女尊子内親王の出家の際に撰した仏教説話集。釈迦の本生譚《ほんじょうたん》や僧の事蹟、法会の来歴をやさしく記した仏教入門書。

03

玄賓僧都《げんぴんそうず》

三輪川《みわがは》の清き流れに濯《すす》ぎして衣《ころも》の袖《そで》をまたは汚《けが》さじ

【出典】和漢朗詠集・下・僧、発心集・一の一、扶桑隠逸伝・上

せっかくこの三輪川の清流で衣の袖をきれいに濯《すす》いで、清浄に暮らしているのですから、ふたたびこの衣を世俗の秩序で汚すようなことはすまいと存じます。

【閲歴】生年未詳。天平年間の生れで、桓武《かんむ》天皇や平城《へいじょう》天皇の時代に名を馳《は》せた僧。興福寺で法相宗の教義を学び、博識をもって聞こえたが、寺の秩序を嫌い、三輪山初瀬川のほとりに庵居して暮らした。その後、さらに身をくらまして、諸国を無名のままさすらうなど多くの奇行《きこう》をなして、その後に続く風狂《ふうきょう》とか佯狂《ようきょう》の隠逸者《いんいつしゃ》たちの先達とされた。弘仁《こうにん》九年（八一八）に八十歳を過ぎて死んだという。玄賓は元敏とも書く。

佯狂《ようきょう》というのは、狂人のふりをすること。仏教は本来、世俗のあらゆる権威をまやかしとして退けるものだが、この世で生きるかぎり、世俗の秩序に否応《いやおう》なく組み込まれてしまうのも一方の事実である。その時人は、やむなく自己を韜晦《*とうかい》し、狂人を装って偽悪《ぎあく》的に生きる所まで追い込まれる。いわば秩序を逆手《さかて》にとって偽善とは逆の世界を生きるのだが、玄賓はそうした佯狂

【語釈】○三輪川―奈良の三輪山の麓を流れる川。古事談《こじだん》・第三・僧行に、玄賓が興福寺を去って三輪川のほとりで草庵を営んだとある。

＊韜晦―自分の本心や身分をつつみ隠すこと。

の第一号として、後世の心ある人たちから尊崇《そんすう》された人物だった。『*発心《ほっしん》集《しゅう》』によれば、この歌を詠んだ経緯《けいい》は次の通りである。伯耆《ほうき》の国に住んでいた頃、玄賓の才を惜しんだ桓武天皇から強引に奈良の都へ呼び出されて、無理やり*伝灯大師《でんとうだいし》の称号を授けられた。一旦《いったん》は世俗の権力に従ったものの、ついで平城天皇が大僧都に任じようとするに及んでさすが固辞し、この歌を送りつけて行方《ゆくえ》をくらましたという。

ただしこの歌は、*異文も多く、八世紀末頃の歌としては整い過ぎていて、玄賓が本当に詠んだとは思えないところがある。他に玄賓の歌として伝わる「*外《と》つ国《くに》は山水清し事多き天《あめ》が下には住まぬなりけり」、「*山田守《も》るそほづの身こそ哀れなれ秋果てぬれば訪《と》ふ人もなし」といった歌も同様であろう。しかしいつの間にか、世俗から超脱して生きる玄賓の行為は人々の憧れの対象となり、こうした歌を作り上げたものと思われる。この歌にしても、普通なら天皇のお召しにあって感謝感激すべきところを、名利に縛られることを「汚《けが》れ」として敢然《かんぜん》と拒否し、姿を消した行為に人々は快哉《かいさい》を叫んだのである。こうした人間がすでに八・九世紀にいたことが、日本仏教界における一種の信頼度を物語っているといえようか。

*発心集―鎌倉時代初期に鴨《かもの》長明《ちょうめい》が編んだ仏教説話集。

*伝灯大師―弘法大師や伝教大師などと同じく、死後に天皇によって授けられる「おくりな」。これに対し、死後呼ばれる実名を諱《いみな》という。

*異文も多く―たとえば和漢朗詠集には「三輪川の清き流れにすすぎてしわが名をさらに又や汚《けが》さむ」とある。

*外つ国は山水清し…―古今著聞集・和歌。興福寺蔵巻子本僧綱補任には「外ツ国ハ山水清シ事多キ君ガ都ハ住マズ捨テザレ」とある。

*山田守るそほづの身こそ…―古事談・第三・僧行、続古今集・雑上・一六〇八。「そほづ」は案山子《かかし》のこと。

04

世の中を何にたとへん朝ぼらけ漕《こ》ぎゆく舟の跡《あと》の白波《しらなみ》

沙弥満誓《しゃみまんせい》

【出典】拾遺和歌集・哀傷・一三二七

この世の中は無常《むじょう》である。それを何に譬《たと》えようか。そう、朝の靄《もや》の中に白波の航跡を残して消えて行く舟のようなものだ。

【閲歴】奈良時代八世紀の僧。生没未詳。笠朝臣麻呂《かさのあそみまろ》の名で元明《げんめい》天皇時代に官人として仕《つか》え、美濃守などを経て右大弁《うだいべん》に至るが、養老《ようろう》五年（七二一）元明皇太后の病気平癒祈願のために出家、満誓を名乗る。後年、筑紫《つくし》の観音寺造営別当として大宰府へ下り、大伴旅人《おおとものたびと》や山上憶良《やまのうえのおくら》らと交遊した。万葉集に七首入集。

【語釈】○朝ぼらけ―「あけぼの」に同じ。「朝のおぼろ明け」のことを約《つづ》めていったもの。

この歌は、『万葉集』入集《にっしゅう》七首の満誓歌中では後世《こうせい》もっとも知られた歌である。『万葉集』巻三・三五一番では、「世間《よのなか》を何に譬へむ朝開《あさびら》き漕ぎ去《い》にし舟の跡なきが如《ごと》」という形で載っているが、後世は『拾遺集』のこの「朝ぼらけ」「漕ぎゆく舟の跡の白波」という体言止めの形で流布《るふ》した。

朝靄《もや》の中に広がる湖の上を、今しも一艘《いっそう》の小舟が一筋の白い航跡を残して沖合に消えてゆく。満誓がこの歌をどこで詠んでいるのかは不明だが、ここで歌われた光景は、どこか我々の心の中に静謐《せいひつ》で永遠なるものの印象を呼び覚ます風情がある。満誓はそこに、仏教が説く無常という観念を見て取ったのだ。『万葉集』には他にも無常をうたった歌*がいくつか見えているが、この歌は、現象の奥に潜《ひそ》む永遠なるものを一幅《いっぷく》の具体的な景色の中に据《す》えたという点で、やはり名歌と云ってよいだろう。

『往生要集《おうじようようしゆう》』の著者として知られる恵心僧都源信《えしんそうずげんしん》（本書16）は、和歌は「狂言綺語《きようげんきご》*」であるとして嫌っていたが、琵琶湖の沖合を行く舟を見晴らしていた時、近くの人がこの歌を口ずさんだのを聞き、和歌は「観念の助縁《じよえん》」になると気づいて、和歌を詠むようになったという（袋草紙・雑談《ぞうたん》）。また西行《さいぎよう》も慈円《じえん》から末期《まつご》の一首を問われ、この歌を踏まえて「にほ照るや凪《なぎ》たる朝に見渡せば漕ぎゆく跡の波だにもなし」（拾玉集《しゆうぎよくしゆう》）と詠んでいる。満誓の歌は二、三百年後の源信や西行の心をも打ったのだった。

和歌が観念や往生の助縁となるというこうした考えは、多くの僧に共通する考えだった。狂言綺語である和歌は、やがて菩提《ぼだい》の種であると見なされ、鎌倉時代の無住《むじゆう》に至っては、和歌*はそのまま陀羅尼《だらに》であるとまで言っている。

＊無常をうたった歌—「世の中は空《むな》しきものと知る時しいよよますます悲しかりけり」（巻五・七九三・大伴旅人《たびと》）や「世の中を常なき物と今ぞ知る奈良の都の移ろふ見れば」（巻六・一〇四五・作者未詳歌）など。

＊狂言綺語—仏の真言《しんごん》に対し、通常の言語をきらびやかに飾った妄言《もうげん》だとする見方。

＊和歌はそのまま陀羅尼である—33の無住を参照。陀羅尼とは梵文《ぼんもん》で書かれた経典の句のことで、真理を伝える秘密の呪文を指す。

05

伝教大師最澄《でんぎょうだいしさいちょう》

阿耨多羅三藐三菩提《あのくたらさんみゃくさんぼだい》の仏たちわが立つ杣《そま》に冥加《みやうが》あらせ給へ

【出典】和漢朗詠集下・仏事、俊頼髄脳・希代歌、新古今和歌集・釈教・一九二〇

無上正等正覚《しょうとうしょうがく》の最高の全智全能の仏たちよ。私が法華《ほっけ》一乗《いちじょう》の道場を建立するために入ったこの杣《そま》山に、どうぞ永遠のご加護をお与え下さい。

【閲歴】日本天台《てんだい》宗の開祖。神護景雲《じんごけいうん》元年（七六七）滋賀に生まれ、十二歳で大安寺の行表和尚に入って出家。十四歳で得度《とくど》し最澄と称した。十九歳以降、日枝《ひえ》山中に庵を造って住み、延暦《えんりゃく》七年（七八八）同地に一乗止観院《いちじょうしかんいん》（後の延暦寺根本中堂《こんぽんちゅうどう》）を建立《こんりゅう》。同二十三年、空海と共に入唐《にっとう》、翌年帰国し、南都の諸宗と対立しつつ天台宗を開いた。弘仁十三年（八二二）六月四日、五十六歳で入寂。死後、最初の大師号伝教大師の諡号を賜る。主著に『顕戒論』『守護国界章』『山家学生式』など。

掲出歌は、天台宗の開祖伝教大師最澄の歌として伝わるもの。詠作年代は不明だが、最初に庵を建てる地を求めて日枝の山中に入った時の歌とされている。

「杣《そま》」は木材にする樹木が生えている山のこと。自分が建立《こんりゅう》しようとしている一乗止観院の永遠の存続を世界の仏たちに向かって祈願した歌で、梵語《ぼんご》

【語釈】○阿耨多羅三藐三菩提―梵語で最高の真理を悟った仏の境地を表し、無上正遍智覚・無上正等正覚・無上正真道などと漢訳される。○杣―材木を切り出す山。「わが立つ杣」という最澄の

である「阿耨多羅三藐三菩提」という語を除けば特にむずかしい語句は用いていない。しかし、この「阿耨多羅三藐三菩提」というおどろおどろしい語が神秘的な趣《おもむき》をかもして有難いような思いにさせられる。当時は言葉には霊《れい》力《りよく》が有ると信じられていたから、このように呼びかけることで、その呪力《じゆりよく》が発動されることを期待しての詠《えい》である。

この歌は、公任《きんとう》が編んだ『和漢朗詠集《わかんろうえいしゆう》』に採られて人口に膾炙《かいしや》するようになり、『千載集《せんざいしゆう》』の序文には「*聖徳太子は片岡山の御言《みこと》を述べ、伝教大師はわが立つ杣の言葉を残せり」などと讃《たた》えられている。新古今時代に天台座《てんだいざ》主《す》に四度就いた慈円《じえん》は、始祖の最澄が残したこの歌を特に愛し、その家集『拾玉集』の中に「わが立つ杣」を詠み込んだ歌を、

*おほけなく憂き世の民におほふかなわが立つ杣に墨染《すみぞ》めの袖
三たびまでわが立つ杣にたち帰り行方《ゆくへ》知らるる*鷲《わし》の山風
この頃や鷲《わし》の御山《おやま》の月影もわが立つ杣に光さすらむ

など、計九首ほどを残している。一首目は『百人一首』にも採られた歌だが、『新古今集』の釈教歌《しやつきようか》にこの「阿耨多羅三藐三菩提」の歌を入集《につしゆう》させたのは、慈円の推賞によるものと思われる。

この歌から比叡山を表わすようになった。○冥加―目に見えぬ神仏の加護。

*聖徳太子は…―「しなてるや片岡山に飯《いひ》に飢ゑて臥せる旅人あはれ親なし」（拾遺集・二〇・哀傷）という歌を指し、日本書紀・日本霊異記・三宝絵詞・今昔物語集・沙石集などに載る有名な歌。

*おほけなく…―身分不相応な、おそれ多く。

*鷲の山風―「鷲の山」は釈迦が説法をした霊鷲山《りようじゆせん》のこと。

06

忘れても汲《く》みやしつらん旅人の高野《たかの》の奥の玉川《たまがは》の水

弘法大師《こうぼうだいし》空海《くうかい》

【出典】風雅和歌集・雑中・一七八八

もしこの水が毒であることを忘れて、旅人が飲んだりしないだろうか心配です。この高野山の奥を流れる玉川の水を。

【閲歴】真言宗《しんごんしゅう》の開祖。宝亀《ほうき》五年（七七四）讃岐多度郡《さぬきたどのこおり》に佐伯田公《さえきのたぎみ》の子に生まれ、十五歳以降奈良や京都で修学、二十歳で東大寺で受戒《じゅかい》、名を空海と改める。延暦二十三年（八〇四）三十一歳で最澄と共に入唐、長安で青竜寺の恵果から伝法阿闍梨《でんぼうあじゃり》の灌頂《かんじょう》を受け、二年後に帰朝。弘仁七年（八一六）、高野山に金剛峰寺《こんごうぶじ》を開き、承和《じょうわ》二年（八三五）三月二十一日に六十二歳で入寂。没後弘法大師の師号を賜った。著書は『三教指帰』『性霊集』『文鏡秘府論』『十住心論』など多数。

真言宗の開祖空海は、三筆《さんぴつ》の一人として、また各地に弘法大師の足跡を多く残した伝説で有名。『三教指帰《さんごうしいき》』や『文鏡秘府論《ぶんきょうひふろん》』など難解な理論を説き、抜群《ばつぐん》の知性を持った当代きっての知識人としても知られ、和歌の類は余り残さなかったというのが実際だが、勅撰集にはいくつか見える。

この歌を載せる『風雅集《ふうがしゅう》』の詞書《ことばがき》によれば、高野山《こうやさん》の中腹を流れる玉川が

【詞書】高野の奥の院へ参る道に玉川といふ川の水上に毒虫の多かりければ、この流れを飲むまじき由を示し置き、のち詠み侍りける。

○『安撰和歌集』に「知らずして飲みもやせまし旅人

毒虫の生息する川だというので、その水を飲まないように指示したが、後になって「飲んだりしないだろうか」と心配して詠んだ歌だとある。やはり伝《でん》承歌《しょうか》で、必ずしも空海が詠んだとは言い切れないが、旅人への優しい思いを示した歌として、信心篤《あつ》い人々は大師の思いやりに素直に心打たれて愛し続けたのだろう。深読みをすれば、「玉川」という美しい名に隠された毒気の存在を隠しているとも取れ、表面的な事象に惑わされがちな人間の迷妄《めいもう》をたしなめた歌として読めないこともない。俗に「美しい物には毒がある」というわけだが、そう無理をして解釈する事もないと思われる。

また『新勅撰集《しんちょくせんしゅう》』には「土佐国室戸といふ所にて」という詞書《ことばがき》で、「*法性《ほっしょう》の室戸《むろと》と聞けどわが住めば有為《うゐ》の波風立たぬ日ぞなき」という歌が載っている。「室戸《むろと》」という地名に、煩悩《ぼんのう》から脱した悟りの境地を示す語「無漏《むろ》」を感じ取り、ここは法性《ほっしょう》を実現した無漏の地といわれるが、私が来てからは煩わしい「有為《うい》」の波が立たない日はないという。どういう事情かは分からないが、悟りきった境地を歌うのではなくて、現実に即して悩みを歌っているところが信用できる点だろう。先の「玉川」の歌といい、大師の日常には、*こうした堅《かた》苦《くる》しさを感じさせない親しめる一面があったことは安心できるところだ。

の高野の奥の足引の水」とある。

＊法性の室戸と聞けど…—新勅撰集・釈教・五七四。十四世紀の真言僧興雅《こうが》僧正が編んだ『安撰和歌集』や『正徹物語』にも見える。

＊こうした堅苦しさを感じさせない—大師生誕の地讃岐《さぬき》の善通寺《ぜんつうじ》の男子手洗所には「急ぐとも心静かに手をそへて雫《しずく》もらすな松茸《まったけ》の露」という弘法大師作とされる狂歌が掲げられている。全国の寺にもこの類歌が散らばっているのだが、大師の歌とは信じられないとしても、こうした剽軽《ひょうきん》な思いやりは大師の行動圏内にはあったのかもしれない。

07

雲しきて降る春雨《はるさめ》は分《わ》かねども秋の垣根《かきね》はおのが色々《いろいろ》

慈覚大師円仁《じかくだいしえんにん》

【出典】続古今和歌集・釈教・七五一

雲が一面に敷き詰めたような空から降ってくる春雨は草木の上に平等に注ぐが、秋になって垣根を飾る花々は思い思いにそれぞれ違った花を咲かせることですよ。

【閲歴】平安時代前期の天台座主《ざす》三世。山門派《さんもんは》の祖。延暦十三年（七九四）下野都賀《しもつけつが》に生まれる。壬生《みぶ》氏出身。諱《いみな》は円仁《えんにん》。大慈寺の広智に入門し、十七歳で最澄に師事。承和五年（八三八）四十五歳で入唐し、揚州開元寺の宗叡、長安大興善寺の元政、青竜寺の義真等から悉曇《しったん》や金胎蘇《こんたいそ》の大法を学び、承和十四年（八四七）に帰国。最澄の偉業を継承して天台密教の確立に努めた。貞観《じょうがん》六年（八六四）一月十四日七十一歳で示寂。追号は慈覚大師。『入唐求法巡礼行記《にっとうぐほうじゅんれいこうき》』の著書がある。

【詞書】薬草喩品《やくそうゆぼん》の心を。

仏典の教旨《きょうし》を説いた歌なので、少し堅い話になる。『続古今集《しょくこきんしゅう》』の詞書《ことばがき》によって、天台宗の根本経典の一つである『法華経』第五巻の「薬草喩品《やくそうゆぼん》」の心を詠んだものであることが分かる。＊薬草喩品というのは、同じ教えを聞いても人々の素質や能力によって受け取り方はまちまちだが、法華経はそれらの衆生《しゅじょう》を全て導く力があると説く経文《きょうもん》である。すなわち逆に言えば、仏

＊薬草喩品―その一節に、「仏、平等に説くは一味の雨の如《ごと》けれど、衆生の性に随ひて、受くる所同じからず。かの草木、稟《う》くる所各々異なる

法の恵みには差はないのだが、受け手に差があると言うことだ。

この歌の第二句と第三句「降る春雨は分かねども」は、やや舌足《したた》らずの表現であるが、『法華経』の趣旨《しゆし》によって、右の大意《たいい》のように解釈するのが当たっているだろう。雨は全てに平等に降り注ぐが、その恵みを受けて咲く花々はまちまちであるという、仏教の教理を説いてわかりやすい比喩だが、いかにも坊さんらしい理に優《まさ》った歌だといえるだろう。

ところでこの歌は、『千載集』*の釈教部に入集する恵心僧都源信《えしんそうずげんしん》の「大空の雨は分きても注がねど潤《うるほ》ふ草木はおのが品々《しなじな》」という歌に極《きわ》めてよく似ている。どちらも薬草喩品の心を詠んだものなので似るのは当然なのかもしれないが、この酷似《こくじ》は源信が慈覚大師の歌を承知していたかどうかは別として、同じ宗門内《しゆうもんない》に何か言い伝えのようなものがあり、それに従って歌を詠むような風習があったのではないかと思われる。

もっとも『公任集《きんとうしゆう》』*にも「一つ雨に潤ふ草木は異なれどつひには元に返らざらめや」という歌もあって、こうした経文《きようもん》の教旨を詠む歌は、結局のところどれも似てしまうのかも知れない。


が如し」、また「その雲出づる所一味の水にして、草木叢林分に随ひて潤を受く」などとある。

＊千載集―藤原俊成《しゆんぜい》撰の第七勅撰集。文治《ぶんじ》四年（一一八八）の成立。

＊公任集―平安時代中期の藤原公任の家集。

【補説】この円仁の歌は江戸末期の道歌百人一首にも載る。

08

僧正遍昭《へんじょう》

蓮葉《はちすは》の濁《にご》りに染《し》まぬ心もて何かは露《つゆ》を玉とあざむく

【出典】古今和歌集・夏・一六五

泥水《でいすい》の中に生えながら蓮《はす》の花は少しも濁りに染まらない清浄な心を持って咲いているが、それほどのお前がどうして葉の上に置く露を玉と見せて我々の目をだますのか。

【詞書】蓮《はちす》の露をみて詠める。

【語釈】○蓮―ハスを歌語ではハチスという。○染まぬ―染まらない。「染《し》む」は「染《そ》む」の古い言い方。

【閲歴】桓武《かんむ》天皇の孫に当たり、大納言安世の八男として弘仁《こうにん》七年（八一六）京に生まれる。俗名《ぞくみょう》を良岑宗貞《よしみねのむねさだ》といい、第五十四代仁明《にんみょう》天皇に仕え、嘉祥《かしょう》三年（八五〇）三月、天皇の崩御にあって三十五歳で出家。慈覚大師円仁に菩薩戒を受けて天台教学を習い、安慧や円珍について密教を究めた。京都花山に元慶寺《がんぎょうじ》を創建し、紫野の雲林院《うりんいん》を別院とした。寛平《かんぴょう》二年（八九〇）一月十九日、七十五歳で寂す。通常は「遍昭」と書くが、本来は仏語の「遍照」と書いた。

『古今集』仮名序が挙げている六歌仙の一人。出家直後、仁明天皇の忌《い》み明けに詠んだ「皆人《みなひと》は花の衣《ころも》になりぬなり苔《こけ》の袂《たもと》よ乾きだにせよ」という歌もよく知られている。出家後も宮中に出入りして活躍し、小野小町*との贈答歌もあり、洒脱《しゃだつ》な生き方を送ったことでも有名である。本書で採り上げる僧侶の中では歌人としての声名《せいめい》が抜群に勝る僧だ。

この歌は先の円仁の歌と同様に『法華経』の教旨《きょうし》歌で、「世間の法《のり》に染まらざること、蓮華《れんげ》の水に在《あ》るが如し」という「湧出品《ゆじゅっぽん》」の一節を詠んだもの。「泥中《でいちゅう》の蓮《はす》」という言葉があるように、濁った世の中に立つ蓮の花はその清廉《せいれん》な姿が特に好まれ、極楽《ごくらく》を象徴する花として讃《たた》えられた。

その蓮が葉の上に置く露を玉とあざむくのはなぜかと、通常の逆に出てからかったのだ。仏教教理の側からではなく美の世界に立って、その美しさの裏で人を騙《だま》す蓮の矛盾を軽く指摘したところに遍昭の本領がある。しかつめらしい歌ではなく、仏典の内容をからかい気味に詠んでいる所が遍昭らしくてよい。印象的な歌で、さすがといえるだろう。

六歌仙《ろっかせん》を並べた『古今集』仮名序は、この歌を挙げるとともに、「嵯峨野《さがの》にて馬より落ちて詠」んだという、「名に愛《め》でて折れるばかりぞ女郎花《をみなへし》われ落ちにきと人に語るな」という滑稽な歌も並記《へいき》している。『古今集』秋上・二二六に題知らずで入集、折り取った女郎花《おみなえし》を女性に見立てて、その色香《いろか》に迷ったなどと人に言うなという意に解釈されているが、落馬して恥ずかしい自分の姿を、さらりと美の世界へ転化してしまうところに、遍昭の縦横《じゅうおう》の才がよく表れている。

＊小野小町との贈答歌―後撰集・雑三の冒頭に見える贈答。石上《いそのかみ》神社に宿った小町が遍昭が来ていると知って「岩の上に旅寝をすればいと寒し苔《こけ》の衣《ころも》を我に貸さなん」と詠んでやったところ、遍昭は「世を背《そむ》く苔の衣はただ一重《ひとへ》かさねば疎《うと》しいざ二人寝ん」という歌を返した。小町が夜が寒いのであなたの僧衣を貸してほしいと言ってきたので、とっさに、この衣は一重なので貸すわけにはいかないが、それではあなたに不親切だろうから、いっそ一緒に寝ませんかと返したのである。遍昭の洒脱剽軽《ひょうきん》さがよく見える。もっとも諸本によって作者名が「真性」「深照」などと一定しておらず、遍昭かどうか疑問視する説もある。

09

法《のり》の舟差してゆく身ぞもろもろの神も仏《ほとけ》もわれをみそなへ

智証《ちしよう》大師《だいし》円珍《えんちん》

【出典】新古今和歌集・釈教・一九二一

遠く唐土《とうど》へと仏法を求めて舟に乗り、棹《さお》をさして行くこの身です。どうぞ多くの神様や仏たちよ、私の行く末を見守り下さいませ。

【閲歴】天台座主五世。園城寺《おんじようじ》（三井寺）開山で、寺門派《じもんは》の祖。弘仁五年（八一四）讃岐那珂《さぬきなか》に、和気宅成の子、空海の甥として生まれる。諱は円珍《えんちん》。十五歳で比叡山に登り、義真について学び、二十歳で菩薩戒を受けて十二年間の籠山修行《ろうざんしゆぎよう》を行う。仁寿《にんじゆ》三年（八五三）四十歳で入唐、物外や法全らに悉曇や顕密《けんみつ》二教を学び、天安《てんあん》二年（八五八）に帰国する。貞観十年（八六八）より二十四年間天台座主を務め、顕劣密勝《けんれつみつしよう》を唱えた。寛平《かんぴよう》三年（八九一）十月二十九日、七十八歳で寂した。

【詞書】入唐の時の歌。

【語釈】○みそなへ―「みそなふ」は「みそなはす」と同じで、「見る」の尊敬語。ご覧あれという意味。

慈覚大師円仁の後輩で、そのライバルとなった智証大師円珍の名も天台宗の興隆に尽くした僧として有名だ。『新古今集』の詞書によって、仁寿《にんじゆ》三年七月十六日、唐へ向かって船出した時の歌であることが知られる。円仁が四十五歳、円珍が四十歳という、いずれも中年を過ぎてから渡唐《ととう》を決行した彼等の情熱には恐れ入ったものがある。

歌の意味は解説するまでもないだろう。当時の渡唐がいかに命がけであったかは、二十回計画された遣唐使船《けんとうしせん》が四回も失敗に終わり、かろうじて漂着した船も大概は遭難の憂き目にあい、安南《あんなん》（ベトナム）まで流された例もある。今時の留学とは大違いで、運任せ《うんまか》風任せ《かぜまか》だった。それだけにその前途に対する期待と不安の度合いは強く、彼等がひたすら神仏の加護にすがったということは過大でも何でもなかったのだ。

いずれにせよ、中国への留学は、国家や宗教の命運を懸けての必死の行為だった。このことは明治時代になってからの鷗外や漱石の西欧留学*や、その他多くの陸海軍教官の軍事留学まで続いた事柄だった。円珍は仏教の聖人《せいじん》であるが、仏以外の日本の神々にもすがろうとするこの歌からは、そうした壮大な夢に命を懸けようとする悲壮な意気込みが窺《うかが》える。

この円珍の歌を載せた江戸時代の『道歌《どうか》百人一首』*には、聖徳太子が詠んだという伝承歌「櫓《ろ》も楫《かじ》も我とは取らで法《のり》の道ただ船主にまかせてぞゆく」という一見同じ様な歌を載せている。しかしこちらは、渡唐への不安を歌ったものではなく、船主に見立てた仏法《ぶっぽう》の力に全てをゆだねるという、仏法への安心した信頼を表明したものだ。

*鷗外や漱石の西欧留学―鷗外は明治十七年（一八八四）にドイツへ、漱石は明治三十三年にイギリスへそれぞれ官費留学をしている。

*道歌百人一首―江戸後期、恠亭《かいてい》紀賤《きせん》丸編の異種百人一首の一つで、高僧や貴顕が作った道歌や教訓歌を収める。付録に一部を掲載した。

10

人ごとに今日《けふ》今日《けふ》とのみ恋《こひ》らるる都近くもなりにけるかな

僧正聖宝《しょうほう》

【出典】後撰和歌集・羇旅・一三六二

あの人もこの人も皆、今日帰れるか今日帰れるかとばかり言って恋しがっていた、その都がとうとう近くなってきましたよ。

【閲歴】三論宗《さんろんしゅう》・真言宗兼学《けんがく》の僧。真言宗小野流《おのりゅう》や修験道当山派《しゅげんどうとうざんは》の開祖、また醍醐寺の開祖としても知られる。天長《てんちょう》九年（八三二）京都に生まれ俗名は恒蔭王。十六歳で真雅について出家し、願暁・円宗・平仁らに三論・法相・華厳《けごん》を学び、真雅より無量寿法《むりょうじゅほう》を受け、また山岳修行をよくした。醍醐天皇の師。貞観十六年（八七四）醍醐寺を開き、延喜《えんぎ》六年（九〇六）東寺《とうじ》長者八世。同九年七月六日、七十八歳で入寂。追号は理源大師。

【詞書】法皇、遠き所に山踏みし給うて京に帰り給ふに、旅宿りし給うて、御供にさぶらふ道俗、歌詠ませ給ひけるに。

詞書にいう「法皇《ほうおう》」とは宇多《うだ》法皇のこと。宇多法皇は、初めて遠い熊野まで何回か詣《もう》でた帝王として知られるが、昌泰《しょうたい》三年（九〇〇）七月のこの時は、金峯山《きんぷせん》や高野山、竹生島《ちくぶじま》などを巡幸《じゅんこう》している。その帰路、ようやく都が近くなって、供《とも》をしている人々が、皆歌を作った時に一緒に詠んだ歌とある。供奉僧《ぐぶそう》として聖宝もこの旅に同行していたのである。

この和歌には、特に僧侶らしい特徴は見あたらない。長旅で全員が疲労困《こん》憊《ぱい》してしまい、どんなに都が恋しかったのか。都に早く帰りたい帰りたいとこぼしているのを聞いて、その思いを代弁して詠んだという。この時既に六十九歳という高齢であった聖宝自身も相当に疲労していたはずだが、それを「人ごとに今日今日とのみ恋らるる」と客観的な様子で歌っているところは、「疲れました」などとは言えない仏者としての姿勢が覗ける。当時、宇多上皇はまだ二十四歳という壮健《そうけん》そのものの時だったから、人々は疲れを知らないその様子を見て、とても愚痴などは言えなかったというのが本当のところだったのかも知れない。そう考えると、この歌も、僧正という高い位にあった聖宝だからこそ言い得た愚痴であったのかも知れない。

それにしても、この歌には高僧然とした構えが感じられない。聖宝の作として『古今集』に見えるもう一首の物名《*もののな》の歌「花の中目《なか》に飽《あ》くやとて分け行けば心ぞ共に散りぬべらなる」などと同様に、ある種の洒脱《しゃだつ》さが漂っている。この洒脱さは先に見た僧正遍昭の歌にも共通するもので、当時の高僧歌人たちには、僧だからというようなしかつめらしい雰囲気や、道歌《どうか》めいた理屈を詠む習慣がまだ無かったのであろう。

＊物名の歌―「春」と「眺め」を織り込めというクイズに答えた歌で、歌の頭尾に「は」と「る」、「中目」に「眺め」が掛けられている。見飽きるかと思って花の中を分け入って行くと、その美しさにこちらの心まで散ってしまいそうだという意味。

【補説】聖宝のこの「人ごとに今日」の歌は後撰集の伝本のある物には「僧都済高」として載せるが、聖宝の歌とみて載せた。

11

空也上人《こうや》

一度《ひとたび》も南無阿弥陀仏《なむあみだぶつ》といふ人の蓮《はちす》の上にのぼらぬはなし

【出典】拾遺和歌集・哀傷・一三四四

一度でも南無阿弥陀仏の六字の名号《みょうごう》を唱えた人であれば、極楽浄土の蓮の上に往生できない人はいないのです。

【閲歴】「こうや」が本来の読み。延喜三年（九〇三）京の生まれ。醍醐《だいご》天皇皇子、また仁明天皇皇子常康《とこやす》親王の王子という説もある。二十一歳で尾張の国分寺で得度したが、早くから民間聖《みんかんひじり》として、各地に道や橋を造り、路傍の死人を火葬にするなど民衆に奉仕した。大寺での止住《しじゅう》を嫌い、京都四条の辻を拠点に南無阿弥陀仏の名号を初めて市井《しせい》に広め、市《いち》の聖、市の上人、阿弥陀聖として尊崇された。天禄《てんろく》三年（九七二）九月十一日寂、七十歳。

【詞書】市《いち》の門に書き付けて侍りける。
○市の門―空也が布教の拠点とした四条の辻の市であろう。

空也の名は、先に見た奈良時代の行基《ぎょうき》と並んで親しみ深い。行基は大仏開眼の頃の人だが、空也が活躍したのはそれより百五十年くらい後の十世紀の中頃で、道真《みちざね》の怨霊《おんりょう》が都を騒がし、平将門《たいらのまさかど》や藤原純友《ふじわらのすみとも》の乱が発生した頃だった。それまで寺院の奥で法華経に合わせて読誦《どくじゅ》されていた南無阿弥陀仏という名号を初めて民間に流布《るふ》させて人々に救済の光明《こうみょう》を伝える功績を挙げ、恵心僧都源信や法然《ほうねん》上人、親鸞《しんらん》聖人の先蹤《せんしょう》としても知られている。
この歌もその教えをやさしく伝えたもので、南無阿弥陀仏と唱《とな》えれば誰でも浄土に行けるとストレートに説いていて、意味に難しい点はない。
空也の歌はこの他に、次の三首が勅撰集や説話に載っている。

*極楽は遥《はる》けき程と聞きしかど勤めて至るところなりけり

*有漏《うろ》の身は草葉にかかる露なるをやがて蓮《はちす》に宿らざりけん

*極楽は直《なほ》き人こそ参るなれ曲《まが》れることを永く停《とど》めよ

煩悩《ぼんのう》の身という意の「有漏の身」を除けば、「勤めて至る」とか「直き人」「曲れる」といった平明な言い方をしている点が、いかにも市井に生きた空也らしい。もっとも一首目の「極楽は遥けき程と」の歌は『拾遺集《しゅういしゅう》』には仙《せん》慶《けい》法師の歌として載っていて、伝承の中で空也に仮託《かたく》されたのだろう。
興味深いことに、『*古事談《こじだん》』には、源信が吉野の金峯山に歌占《うたうら》の得意な巫《み》女《こ》がいると聞いて尋ねて行ってみると、「十万億の国々は海山隔て遠けれど、心の道だに直ければ、勤めて至るとこそ聞け」と詠んだので感激して帰ったという話を載せている。空也の右の歌の句を利用していることは明らかで、彼の歌が今様《いまよう》に近い形で民間に流布していたことがよく分かる。

*極楽は遙けき…—源為憲《ためのり》の「空也誄《るい》」に見える歌。極楽は十万億土の遙か彼方にあるが、毎日勤めて励んでいればいつかは着くのだよと説く。

*有漏の身は草葉に…—新勅撰集・釈教。煩悩に囚われた我々衆生の身は草葉に置く露に過ぎないが、それでも仏道に励めばそのままに極楽の蓮に置く露となるのだよという。

*極楽は直き人こそ…—古事談・第三・僧行。極楽は心の真っ直ぐな人が行ける道だ。曲がった心を改めて正直な心でずっと勤めなさい。

*古事談—鎌倉時代初期、源顕兼が編んだ説話集。平安中期までの王朝の秘史を多く記す。

12

その上《かみ》の斎《いは》ひの庭に余れりし草の筵《むしろ》も今日や敷くらん

慈慧大師良源《じえだいしりようげん》

【出典】続後撰和歌集・釈教歌・五八四、袋草紙

その昔、天台大師（最澄）を祀《まつ》るために汚れを払って庭に敷き詰めた草の筵《むしろ》の残りを、大師の忌日《きにち》である今日もまたこうして敷くことになりました。ありがたい法恩です。

【閲歴】諱は良源。延喜十二年（九一二）九月三日、滋賀県の木津氏に生まれ、比叡山で顕密二教を学び、維摩会《ゆいまえ》で義昭、宮中の法華八講《ほっけはっこう》で興福寺の法蔵との論議等で頭角を現し、藤原師輔《もろすけ》の帰依《きえ》を受けた。康保《こうほう》三年（九六六）五十五歳で十八世天台座主となり、同年に焼亡《しょうぼう》した堂塔の再建を果たし、教学《きょうがく》振興に努め、天台宗中興の祖とされた。御廟大師・角大師《つのだいし》・降魔大《ごうまだい》師《し》などの追号や慈慧大師の勅号をもつ。永観《えいがん》三年（九八五）一月三日入滅、七十四歳。元三大師《がんさんだいし》とも愛称される。

【詞書】天台大師（最澄）の忌日に詠み侍りける。

【語釈】○その上—その昔。○斎ひ—忌み浄めて祀ること。「斎ひの庭」は最澄の葬式が行われた庭を指すか。良源は当然まだ生まれていない

良源は、以下にも見るように、増賀《ぞうが》や性空《しょうくう》、源信といった有数の弟子に天台の法統《ほうとう》を伝えた人として知られる。最澄の死から五十年余も後に生まれた人だが、御廟大師《ごびょうだいし》の名からも分かるとおり、最澄以来の天台の宗廟《そうびょう》を終始大切に守り続けた。

詞書にあるように、比叡山では最澄の忌日である毎年の六月四日に最澄忌

を営んでいる。この歌が何時《いつ》の忌日に詠まれたかははっきりとはしないが、毎年忌日が近づくごとに、根本中堂の大庭に最澄入滅時に敷かれた筵《むしろ》が大事に持ち出され、衆僧がその準備にいそしみ始めるのを見て、祖師《そし》への思いを新たにし、法灯の永遠であることの感慨をかみしめたのだろう。

この歌は、儀式の内容を歌ったものでも、僧としての良源の思考を表明したものでもない。しいていえば、「草の筵」という粗末さを連想させる言葉を持ち出して、祖師に対する崇高な思いの象徴としてさりげなくうたっているところに、良源の謙虚な心が覗《のぞ》いているように思われる。このように具体的な事物を中心にしてイメージの核とするのは、いわば和歌の上での約束事だった。

良源にはもともと和歌に対する特別な嗜好《しこう》といったものはなかったようだ。この歌も「余れりし」という句の意味が曖昧で、あまり上手な歌とは思われない。先にも引いた『道歌百人一首』は良源の歌として「憂きことは世にふるほどの習ひぞと思ひも知らで何嘆くらん」を載せているが、正しくは『続《しょく》千載集《せんざいしゅう》』一八八三番に、第一〇八代天台座主慈勝*として入集《にっしゅう》する歌。いかにも道歌らしすぎ、良源の歌としたのは単なる間違いだろう。

が、その時の筵が御廟に残されていたと考えられる。

*慈勝―生没年不詳。文保《ぶんぽう》二年（一三一八）天台座主。関白近衛家基の子。

13

いかにせむ身を浮舟《うきふね》の荷《に》を重み終《つひ》の泊《と》まりやいづくなるらん

増賀上人《ぞうがしょうにん》

【出典】新古今和歌集・雑下・一七〇六

どうすれば良いのでしょうか。私の身は水に漂う浮舟だと思っておりますが、その積み荷が重たいので、行き着く港がどこにあるのか見当もつきません。

【閲歴】延喜十七年（九一七）、参議橘恒平《たちばなのつねひら》の子として京都に生まれる。十歳で比叡山に登り、第十八世天台座主慈慧大師良源に師事し、如覚の勧めで奈良の多武峰《とうのみね》に入って修行後、康保年間に摩訶止観《まかしかん》や法華文句《ほっけもんぐ》を講じ、後年は不動供《ふどうぐ》を修め、観音と文殊の二尊を感じたという。長保《ちょうほう》五年（一〇〇三）六月九日、八十七歳で入滅した。高徳の学問僧という評判の一方、玄賓《げんぴん》に匹敵する奇僧として知られ、『大日本法華験記』『今昔物語集』その他に多くの逸話《いつわ》を残している。

【語釈】○荷を重み―形容詞の後に付ける「み」は原因や理由を表す。荷が重いので。○終の泊まり―最後の停泊地。死後向かう先。普通は極楽浄土を指すがここは違う。

増賀の名は、世俗の名利名聞《みょうりみょうもん》を徹底的に嫌った数々の奇行《きこう》で知られている。たとえば鴨長明《かものちょうめい》の『＊発心集《ほっしんしゅう》』は次のような話を載せている。

・内論義が果てた後、その供物《くもつ》を乞食たちに分け与えることになっていたが、増賀自身が下りてきて乞食に混じってがつがつ食い始めた。

・師の良源が大僧正《だいそうじょう》就任の謝礼に宮中に出掛けた行列の前を、干鮭《からざけ》を剣代りに腰にぶらさげ、痩《や》せた牛にまたがった増賀が先導し、「自分を措《お》いて大僧正の車の先駆けが務《つと》まる人間はいない」と怒鳴《どな》り散らした。

・ある人に招かれて説法《せっぽう》に出かけたが、途中で良い説法をしようなどと考えるのは名聞《みょうもん》に囚われた貪欲《とんよく》の心だ、危うし危うしと気付いて、わざと先方に行って喧嘩を引き起こしてそのまま帰った。

・死ぬ直前、弟子に碁盤を持ってこさせ、ちょっと打って仕舞わせた。なぜだと訊《き》くと、小さい頃人が碁を打って面白そうにしていたのをふと思い出して打ってみたくなったのだと答えた。

あえて*気がふれた人に似た露悪《ろあく》的な行動を取るこうした生き方は、佯狂《ようきょう》の先達玄賓《げんぴん》もそうであったが、室町時代の一休《いっきゅう》なども人を喰った奇矯《ききょう》な行動で人々を煙に巻いた一人で、増賀の後裔《こうえい》と言ってよい人だろう。

ここに掲げた和歌には、増賀の奇行癖を特に感じさせるものはないが、一代の碩学《せきがく》に上り詰めた増賀にして、自分が最後にはどうなるか分からないと言いきっているところに、既成の観念を突き抜けた彼の正直な心が覗いていると言えそうだ。死を前にしての歌ともとれるが、彼の和歌で勅撰集に載っているのはこの一首のみである。

*発心集―03に既出。鴨長明が出家後に編んだ仏教説話集。多くの発心談を集める。

*気がふれた人に似た―増賀の奇行で最大のものは、宇治拾遺物語・一四三「増賀上人三条宮に参り振舞事」や今昔物語集・巻十九第十八話等に見える、東三条院詮子の落飾に招かれて、自分の一物を自慢し庭で下痢便をしたことであろう。

14

夢の中《うち》に別れて後《のち》は永き夜の眠《ねぶ》りさめてぞ又はあふべき

性空上人《しょうくうしょうにん》

【出典】続後撰和歌集・羇旅・一二七九

あなたとお別れしてもそれは一時的な夢の中でのことです。別れてしまったあと、この無明《むみょう》長夜《じょうや》の長い眠りから覚めたその時、またお逢いすることができましょう。

【閲歴】延喜九年（九〇九）、京都に橘善根の子として生まれる。早くから法華経の持者《じしゃ》として知られ、二十六歳で比叡山に登り、慈慧大師良源に従って得度受戒した。康保三年（九六六）播磨《はりま》の書写山《しょしゃざん》に円教寺を開き、世に書写の上人として尊崇された。右手に仏舎利や針を握って生まれてきたという伝説があり、その高い人徳は多くの老若男女を呼び寄せ、鳥獣も彼を慕ったという。和泉式部もその法に頼ったことがある。寛弘《かんこう》四年（一〇〇七）三月十日、九十九歳で入滅。

『続後撰集《しょくごせんしゅう》』の詞書によれば、三河入道寂照《じゃくしょう》が中国へ渡ろうとした時、性空上人が送別に贈った歌とある。寂照は俗名を大江定基《おおえのさだもと》といい、『今昔物語集』巻第十九に、*愛妻の突然の死に無常《むじょう》を感じて出家したという哀話を残した人物で、その後比叡山に登って修行、長保四年（一〇〇二）に渡海を志し宋に渡ったが、中国の景徳《けいとく》元年（一〇〇四）そのまま杭州《こうしゅう》で没し、人々から入宋《にっそう》

【詞書】寂照上人入唐時につかはしける。

【語釈】○永き夜―釈迦が去った後、弥勒《みろく》菩薩が出世するまでの無明長夜の世を指す。

*愛妻の突然の死―愛する妻

上人《しょうにん》として追慕《ついぼ》された。

　性空のこの歌は、寂照との再会を期待して詠んだものだが、「夢」とか「永き夜の眠り」を詠み込んでいて、送別歌らしくない。実はこの「永き夜の眠り」には特別の意味があり、「*現代は前仏《ぜんぶつ》である釈迦と後仏《ごぶつ》である弥勒《みろく》が出世するまでの夢の中間である」という当時の流行の考えが踏まえられている。そのように取れば、現世での再会を無責任に約束するよりも、弥勒出世の暁に逢おうと言った方が、同じ仏者《ぶっしゃ》である相手に対してずっと心のこもった挨拶であることが分かってくる。無明長夜の闇に放り出された現世の苦《く》を踏まえ、性空は遙か未来での再会を約束したのだ。安易な送別の言葉で寂照を見送る気持ちにはなれなかったのだろう。

　江戸時代の例の『道歌百人一首』には性空の歌として「疾《と》く生まれさらずはさても休らはで二仏《にぶつ》の中に遇ふぞ悲しき」という二仏の中間を詠んだ歌が載っている。前半の意味が取りにくいが、「お釈迦様のいる世に早く生まれたかった。そうでなくてもぐずぐずしないでいたかった。おかげでお釈迦様と弥勒菩薩の間の中間に生まれてしまったのが悲しい」というのであろう。もちろん右の無明長夜という考えを踏まえて詠んでいるのだ。

が死んでも葬る気にならず、そのまま見続けていたが、やがて異臭を発したので世の無常を悟って出家したという話（今昔物語集・巻十九第一・三河守大江定基出家せる語《こと》）。

＊現代は前仏である釈迦と…―梁塵秘抄・巻二の今様《いまよう》に「釈迦の月は隠れにき。慈氏《じし》の朝日はまだ遙か、その程長夜の暗きをば法華経のみこそ照らい給へ」とある。慈氏とは弥勒菩薩のこと。こうした考えは謡曲類にもしばしば見られ、現代が二仏の中間であるという考えは、平安末から中世に至る人々の共通感覚であった。

15

旅衣《たびごろも》たち行く波路《なみぢ》遠ければいさ白雲《しらくも》の程も知られず

法橋奝然《ほっきょうちょうねん》

【出典】新古今和歌集・羇旅・九一五

旅衣を仕立てて私が出立して行く海路は遥かに遠いので、さあ、どれほどの白雲が隔《へだ》てているのでしょうか、そしていつ帰れるのかまるで分からないのです。

【閲歴】承平《しょうへい》八年（九三八）藤原真連の子として京都に生まれ、東大寺東南院の観理に三論を、石山寺の元杲《げんごう》に真言密教を学び三論宗の僧となる。永観元年（九八三）四十六歳で入宋。宋の太宗《たいそう》に厚遇されて五台山を巡礼、三年後、新しく印刷された大蔵経五千巻などを持って帰国した。永祚《えいそ》元年（九八九）東大寺五十一世別当になる。長和《ちょうわ》五年（一〇一六）三月十六日、七十九歳で入寂。

奝然《ちょうねん》という名は、それ程知られた名ではないかも知れないが、当時は入宋僧として広く知られた人だった。この歌は勅撰集に入集《にっしゅう》した唯一の歌。

奝然は円融《えんゆう》天皇の末期の永観元年に宋へ向けて旅立った。第八番目の勅撰和歌集の『新古今集』九一五番の詞書によれば、その時送別に来た人から「いつ帰ってこられるのか」と訊《き》かれて答えた歌とある。見送り人の中には

【詞書】入唐《につとう》し侍りける時、いつの程にか帰るべきと人の問ひければ。

【語釈】○たち行く―「たち」には、衣を裁つと旅に立つの意が掛けられている。○いさ―「さあ…どうだろう

勧学院《かんがくいん》出の碩学《せきがく》で『池亭記《ちていき》』の著者として知られる慶滋保胤《よししげのやすたね》らも混じっていたと言われる。

すでに最澄・空海・円仁・円珍という僧侶たちが入唐を果たしていることは見てきた。この奝然に続きこの十九年後には、前の性空上人の項で述べたように三河入道寂照が入宋を果たし、寂照の七十年後には、今度は成尋阿《じようじんあ》闍梨《じゃり》が宋に赴いている。平安時代の末期に大日能忍《だいにちのうにん》が初めて禅宗を将来《しょうらい》し、その後に栄西《えいさい》・道元《どうげん》が続いたことは周知のとおりだ。寛平六年（八九四）に菅原道真の献策《けんさく》によって遣唐使が廃止されてからも、こうして求法《ぐほう》のために中国へ渡る僧は相変わらず跡を絶たなかった。当時の僧たちの仏教に対する思い入れの強さは推《お》して知るべしだろう。

そうした情熱と*中国渡海の困難さを考えれば、見送り人が発した「いつ帰れるのか」という言葉は、余りにも安易に発した質問と言うべきであろう。答えられるわけがないからである。奝然にしてみれば、このように答える他はないではないか。なお、特に初句《しょく》の「旅衣たち行く」という夕音を畳み重ねた強い語調と、下句《しものく》「白雲の」という茫漠《ぼうばく》としたイメージの対比がすばらしく、歌人としてもなかなかの技量の持ち主であったことが知られる。

か」と言いさす時の言葉。

*中国渡海の困難さ―09で見た円珍の歌「法《のり》の舟差してゆく身ぞもろもろの神も仏もわれをみそなへ」も入唐に際しての歌で、こちらは神仏にすべてを委ねざるをえないという放念が見えていた。

16

夜《よ》もすがら仏《ほとけ》の道を求むればわが心にぞ尋ね入《い》りぬる

恵心僧都源信《えしんそうずげんしん》

【出典】続古今和歌集・釈教・七五四、道歌百人一首

—一晩中、お堂に籠《こ》もって仏の道を祈念《きねん》しておりますと、結局は自分の心の奥に問いかけているのでした。—

【閲歴】比叡山横川《よかわ》の恵心院に住《じゅう》したので恵心僧都、横川僧都などと通称され、また今迦葉《いまかしょう》と讃えられた天台宗の僧。藤原道長や紫式部とほぼ同時代に活躍。天慶《てんぎょう》五年（九四二）奈良の当麻《たいま》に卜部正親《うらべまさちか》の子として生まれ、九歳で比叡山に登り、十三歳で得度受戒。良源に師事して顕密二教を学び、浄土信仰に目覚めて寛和《かんわ》元年（九八五）、地獄の恐ろしさを精密に描いた『往生要集』を撰述、その後の往生思想の基礎を作った。寛仁《かんにん》元年（一〇一七）六月十日、七十六歳で入滅した。

【詞書】是心是仏《ぜしんぜぶつ》の心。

恵心僧都源信は『源氏物語』宇治十帖《うじじゅうじょう》に登場する「横川《よかわ》の僧都《そうず》」のモデルとなり、また説話集にも多くその名を留め、日本人にとってはかなり知られた存在であったといえよう。私たちが日頃口にする「地獄《じごく》」という観念は、この人が著した『*往生要集《おうじょうようしゅう》』によって広まったと言っても良いだろう。

この歌の意は、我々にはやや理解しにくいところがある。仏菩薩《ぶつぼさつ》に出逢う

*往生要集—経論の中から往生に関する要説を集め、往生の心得を説いたもの。特

ために堂舎《どうしゃ》に籠《こ》もって一心不乱に思念をこらし、その結果夢告《むこく》を得て悟りに達するという話は、僧たちの霊験譚《れいげんたん》によく見える話だが、これもそうした体験に基づくものだろう。詞書にいう「是心是仏《ぜしんぜぶつ》の心」というのは、三千世界《さんぜんせかい》の全ては心の反映に他ならないという天台の本覚《ほんがく》思想に基づいたもので、真理のありかを外部に求めていくと、結局はわが心に辿り着くことに気づいたというのだろう。これとよく似た歌に、*仏国《ぶっこく》禅師の「夜もすがら心の行方《ゆくへ》を尋ぬれば昨日《きのふ》の空に飛ぶ鳥の跡」というのがあるが、こちらはいかにも禅僧らしく、心とは消えてしまった鳥の跡のようだと言う。

当初は和歌を軽視していた源信が途中から和歌に目覚めたことは、*沙彌満《しゃみまん》誓《ぜい》の項でも触れたが、源信の歌で実際に残っている歌はそう多くはない。この歌を載せた『続古今集《しょくこきんしゅう》』は、続けて次の源信の歌を載せている。

暁《あかつき》の鐘の声こそ嬉しけれ長き憂世《うきよ》の明けぬと思へば

仏者にとって暁という時間帯は真理に目覚める神聖な時であったが、その暁を、14で触れた、弥勒《みろく》がこの世に出世する*竜華《りゅうげ》の暁という伝承に重ねて歌ったものだ。この他、『千載集』に見える「大空の雨は分きても注《そそ》がねど秋の垣根はおのが色々」という歌は、*円仁の項でも触れておいた。

に迫力のある地獄の描写が当時の人々に大きな影響を与え、中国でも賞賛されたという。

*仏国禅師―入宋僧円爾《えんじ》について学んだ鎌倉時代後期の禅僧、高峰顕日《こうほうけんにち》のこと。

*沙彌満誓の項―04参照。

*竜華の暁―三会の暁ともいう。前仏である釈迦が去ったあと、五十六億七千万年後にこの世に出世し、衆生を三回説法する。

*円仁の項―07参照。

17

喜ぶも嘆《なげ》くも徒《あだ》に過ぐる世をなどかは厭《いと》ふ心なからん

永観律師《ようかんりつし》

【出典】続古今和歌集・雑下・一八五四

喜ぶことも嘆くことも実り無く過ぎていってしまうこの憂世《うきよ》だというのに、皆さんはどうして厭《いと》い棄てるという心が無いのでしょうか。

【閲歴】東大寺七十三世。長元《ちょうげん》六年（一〇三三）文章博士《もんじょうはかせ》源《みなもとの》国経《くにつね》の子として生まれる。京都禅林寺永観堂《えいかんどう》の深観のもとで出家し、東大寺で受戒。東南院の有慶・顕真に三論を学び、その別院の光明山寺で浄土教に帰依、永観堂七世として称名念《しょうみょうねん》仏《ぶつ》を弘めるとともに、施薬院を建て貧者の救済に尽くした。康和《こうわ》二年（一一〇〇）東大寺別当になる。天永《てんえい》二年（一一一一）十一月二日、七十九歳で寂した。『往生講式』『往生拾因』の著がある。「えいかん」とも読む。

【詞書】題しらず。

【語釈】○徒に—無駄に。効果がなく空しく徒労《とろう》であること。○厭ふ—この現世を厭うこと。

京都東山の南禅寺《なんぜんじ》の北方近くにある禅林寺《ぜんりんじ》は平安朝初期に真紹《しんしょう》僧都が建てた寺で、もとは真言宗の寺だったが、鎌倉時代初期に浄土宗に転じ、現在は浄土宗西山派《せいざんは》の総本山となっている。その七世である永観は民間に浄土念仏を普及するのに功績があった人だ。

詞書には「題しらず」とあって詳しい成立事情は不明だが、歌の意味するところは、民衆にとってはかなり厳《きび》しい内容である。要するに、喜怒哀楽《きどあいらく》という人間的な感情は往生《おうじょう》には役に立たない表面的なものなので、そのような日常の感覚に左右されることなくこの現世《げんせ》を避けて、早く極楽往生を願うべきだというのだ。「徒《あだ》」とは無駄、不毛だと言うこと。このようにこの世を*厭離穢土《おんりえど》と見るのは、浄土宗の基本的な考え方だった。

おそらく永観は、浄土思想を分かりやすく説明するために、こうした本質的な考えを歌に託《たく》して何首も作ったのだろう。永観の歌として勅撰集に最初に見えるのは、『千載集』の巻軸《かんじく》を飾る、

*皆人《みなひと》を渡さむと思ふ心こそ極楽《ごくらく》へ行く導《しる》べなりけれ

という歌で、その詞書に「往生講の式、書き侍りける時、教化の歌とて詠み侍りける」とある。この「喜ぶも嘆くも」の歌も人々を「教化《きょうか》」するために詠んだものであることは間違いない。先に見た空也《こうや》の歌などにつながり、また仏菩薩に対する賛嘆《さんだん》を分かりやすい調べに載せて唄わせた*和讃《わさん》などに類するものだ。もっともその分、道歌めいた説教臭があるが、永観という人の生真面目《きまじめ》さが出ているといえるだろう。

*厭離穢土―この現世を汚れた穢土と見て、この世を「避けて離れる」こと。対になる句に「欣求浄土《ごんぐじょうど》」がある。

*皆人を渡さむと思ふ心…―すべての人を済度《さいど》して浄土に連れて行こうと誓願した阿弥陀如来の慈悲を指す。

*和讃―源信が作った「極楽六時讃」「来迎讃」や親鸞の「三帖和讃」などが有名。七五調の句を連ね、仏教の教えを易しい言葉で抑揚を付けて唱和するもの。

18

嬉《うれ》しきにまづ昔こそ恋しけれ柞《ははそ》の森を見るにつけても

権僧正《ごんそうじょう》永縁《えいえん》

【出典】新千載和歌集・雑中・一九六六

嬉しくありがたいことに、この柞《ははそ》が生えている森を見るにつけ、まっ先に思い出すのは、まだ母親が存命中であった昔のことです。

【閲歴】「ようえん」とも言う。永承《えいしょう》三年（一〇四八）大蔵大輔藤原永相《ながすけ》の子として生まれ、九歳で、興福寺一乗院の頼信に入門し、法相・唯識《ゆいしき》を学び、東大寺東南院の澄心・済慶について三論宗を究める。奈良花林院に住み、五十歳で元興寺《がんごうじ》三九世、五十四歳で大安寺四六世、七十四歳で興福寺三一世と要職に就いた。一方数奇《すき》の歌人として多くの歌合に参加、また「堀河百首」の作者となり、勅撰和歌集に二十首近い歌が入集している。初音の僧正、花林院僧正とも呼ばれ、天治《てんじ》二年（一一二五）七十八歳で入寂。

九歳で父を喪《うしな》った永縁は、母の言いつけで仏門に入ったと言われる。母は大江公資《きんより》の娘であった人で、『新千載集《しんせんざいしゅう》』の詞書に、永縁が維摩会《ゆいまえ》の講師になるようといつも励ましていたとある。ここからはかなり厳格な母親像が窺《うかが》える。永縁が念願の維摩会講師《こうじ》に選ばれたのは、三十八歳になってからだったが、そのしばらく前に母親は亡くなっていた。

【詞書】いまだ凡僧に侍りける時、母の常に維摩《ゆいま》講師せんを見ばやと申しけるに、身《み》まかりて後、程なくかの講給はりて奈良へ下りけるに、柞の森を過ぐとてよめる。

【語釈】○柞―コナラ・クヌ

この歌の「柞」の語に、その「母」の意が掛かっていることを見抜く必要がある。柞の森を見る度《たび》に母のことを思い出すというのは、この教育ママに対し、永縁の方も母親っ子的要素があったのではないだろうか。

宗教界での行跡《ぎょうせき》は措《お》くとしても、永縁の代表歌としては『金葉集《きんようしゅう》』夏部に入集する「聞くたびに珍しければ郭公《ほととぎす》いつも初音《はつね》の心地《ここち》こそすれ」という歌がある。この歌については裏話があって、『*袋草紙』には、隆覚入道《りゅうかくにゅうどう》の四要講《しようこう》の歌会で高階政業《たかしなまさなり》が先にこの歌を詠んで提出していたが、後から永縁も同じ歌を出して、「政業の歌は他にもあるが、私の歌で採用されたのはこれだけであり、しかも私は講師の一員なのだから何とかしてほしい」と泣きついたので、衆議の結果、永縁の歌になったという話を載せている。また鴨長明の『*無名抄《むみょうしょう》』に、源*俊頼《としより》が詠んだ歌を*鏡《かがみ》の傀儡《くぐつ》たちが神歌《かみうた》として唄っていることを聞いて羨《うらや》ましがって、わざわざ頼んでこの初音《はつね》の歌をあちらこちらで唄って貰ったので、世人が「有り難き数奇人《すきびと》」と言ったと記している。初音の僧正という名もこのエピソードから付いた。

どうも永縁には、一途《いちず》なところがあったようだ。この歌に見える母親への思いにも、永縁のそうした性格の一端が覗いているといえまいか。

ギ・オオナラなどの総称。和歌ではしばしば「母」の意を掛ける。

*袋草紙―院政期の藤原清輔が書いた歌論・歌学書。04満誓の項でも引用。

*無名抄―鴨長明が新古今時代の思い出をつづった随筆風の歌論。

*俊頼が詠んだ歌―「世の中は憂き身に添える影なれや思ひ捨つれど離れざりけり」(金葉集・雑上)。この世のことは捨てようにも捨てられず、あたかもこの身に添って離れない影のようなものだ、という意。

*鏡の傀儡―近江の鏡宿にいた操り人形を扱う遊芸の徒。

19

夢のうちは夢も現《うつつ》も夢なれば覚《さ》めなば夢も現《うつつ》とを知れ

覚鑁上人《かくばんしょうにん》

【出典】続後拾遺和歌集・雑下・一二三二

夢の中では、夢も現実もすべて夢である。したがって覚《かく》醒《せい》した後は、夢も現実のことであることを思い知りなさい。

【閲歴】平安後期の新義真言宗《しんぎしんごんしゅう》の開祖。嘉保《かほう》二年（一〇九五）肥前《ひぜん》に佐藤兼元の子として生まれ、諱《いみな》は覚鑁、通称は鑁上人。十三歳で仁和寺《にんなじ》の寛助に入門、南都で、法相・華厳・三論を学び、高野山で密教を究め、二十七歳で寛助から伝法灌頂《でんぽうかんじょう》を受ける。高野山に大伝法院や密厳院を建立。四十歳で金剛峰寺座主と大伝法院主を兼任したが、一門の反発にあって、根来《ねごろ》寺《じ》の円明寺に移り、康治《こうじ》二年（一一四三）十二月十二日、四十九歳で寂。号は正覚房。追号は興教大師。

【詞書】題しらず。

一首の中に、「夢」の語を四回も使って、人を煙に巻く禅問答のような歌だ。仏教の理《ことわり》をストレートに説くと、大体このような謎めいた言い方になり、いかにも道歌らしい道歌だと言ってもいいだろう。受け手は、呪文《じゅもん》のように口ずさんで、ありがたい思いを抱くのだ。

説明がしにくいのだが、夢と現実は反転する鏡のようなものであって、夢の中では現実も夢、現実の中では夢も現実だというのだ。ようするに夢も現実もどちらも違いはなく、本質は同一であるという仏教的な真理を説いたもの。この傍《かたわ》らに「色即是空《しきそくぜくう》、空即是色《くうそくぜしき》」という「般若心経《はんにゃしんぎょう》」の文句を置いてみると多少は分かりやすくなるだろう。

この歌を載せている『続後拾遺集《しょくごしゅういしゅう》』は、この後に続けて覚鑁の歌を更に三首連ねている。

*現《うつつ》とて現の甲斐《かひ》もなかりけり夢に勝《まさ》らぬ夢の世なれば

*見てもなほありし現《うつつ》をしのぶかな夢は真《まこと》の昔ならねば

*よしやただ心止《と》まらで夢の世に思ひ出《い》でもなき我が身なりとも

これらの歌も解釈が難しい。試みの解釈を下に示すが、覚鑁の真意を捉《とら》えているかどうか自信がない。こうした分かりにくくて断定的な物言いの歌を見てくると、覚鑁という人は、かなり圭角《けいかく》にとんだ人だったのだろうと思われる。新義真言宗や伝法院流の開祖となるなど、その行実には相当押しの強い所があったのではないかと想像される。晩年、一門と対立して、根来寺へ退散したことも、そうした性格のなせる業《わざ》であったのかもしれない。

*現とて現の甲斐も…――現実だからといって信ずる甲斐もない。もともとこの世は夢を超えられない夢なのだから。

*見てもなほありし…――夢の中で過去を見てもやはり実際の過去を恋しく思うもの。夢の中の昔は本当の昔とは言えないから。

*よしやただ心止まらで…――この夢のような世の中には思い出を残す我が身ではない。万一、思い残すことがあったとしてもそれは夢でしかないのだから、執着することもない。

20

世の中に地頭《ぢとう》盗人《ぬすびと》なかりせば人の心はのどけからまし

文覚上人《もんがくしょうにん》

【出典】今物語・群書類従巻四八

この世の中に地頭と盗人というくせ者がいなかったならば、どんなにか人間の心はのんびりと安らぐことだろうよ。

【閲歴】鎌倉前期の真言僧。保延《ほうえん》五年（一一三九）、摂津《せっつ》の武士遠藤氏の家に生まれる。俗名は盛遠。上西門院《じょうさいもんいん》に仕え、二十一歳過ぎてから出家。熊野で修行後、高雄神護寺《たかおじんごじ》の再興を図る。三十五歳の時後白河院に強訴《ごうそ》して伊豆へ配流《はいる》されたが五年後に帰洛《きらく》。院や源頼朝から寄進を受けて神護寺の再興を果たす。その後も東寺などの修復に尽力する。六十一歳の正治《しょうじ》元年再び佐渡へ、更に対馬へ流され、建仁《けんにん》三年（一二〇三）七月二十一日、六十五歳で九州で没した。文学とも書く。

文覚上人と言えば、僧侶としては異色で、『平家物語』などに描かれた那《な》智《ち》での猛烈な修行、伊豆で義朝《よしとも》の髑髏《どくろ》を示して頼朝《よりとも》の謀反《むほん》を促《うなが》した話など、荒法師《あらほうし》というイメージが定着している。*袈裟《けさ》と盛遠《もりとお》の出家を巡る伝説もすさまじい。これらは史実としては疑わしい点が多いのだが、生涯に三度の流罪《るざい》に遭《あ》ったり、神護寺《じんごじ》の復興に心血《しんけつ》を注いだ点は事実で、権力を恐れない、そ

【出典本文】この上人の歌に「世の中に地頭・盗人なかりせば人の心はのどけからまし」と詠みて、「我が身は業平に勝ちたり。春の心はのどけからましと言へる、何でう春に心のあるべき」と

の情熱の出所《でどころ》は疑いのないところだろう。
歌はあまり残していないが、この歌を載せる同時代の説話集『*今物語』には、佐渡からの帰還後、歌壇の大御所俊成《しゅんぜい》と歌のやり取りをした話が載せられ、更にこの歌が文覚の歌として添えられている。いつ詠まれたのかは定かではないが、いかにも文覚らしい直截的《ちょくせつてき》な物言いで、地頭と盗人という二つの存在がなければ、この世は安泰であると喝破《かっぱ》している。
言うまでもなくこれは、『古今集』の*業平《なりひら》の歌「世の中に絶えて桜のなかりせば春の心はのどけからまし」をそっくり踏まえたものだ。おまけに「春に心なぞあるはずもない。私の方が業平より歌はうまい」などと豪語している。文覚にあってはさすがの業平の名歌も形無《かたな》しというところだが、もちろん大物《おおもの》文覚のこと、冗談で笑い飛ばしたのだろう。
和歌の約束事などどこ吹く風の天衣無縫《てんいむほう》さがある。文覚の「世の中の成り果つるこそ悲しけれ人のするのは我がするぞかし」という歌を見た定家《ていか》も「*無心の歌に非《あら》ず。不思議なり」と妙な誉《ほ》め言葉を使わざるを得なかったようだ。歌もまた、やはり異色中の異色と言って良いだろう。宗教的な小理屈《こりくつ》など少しも無いところがむしろ痛快だ。

言ひけり。

【語釈】○地頭―頼朝が御家《ごけ》人制《にんせい》の根幹として地方に設けた在地職で、旧来の地主との間でいざこざが絶えなかった。○せば…まし―反実仮想の語法。

*袈裟と盛遠―源平盛衰記や御伽草子などで普及した話で、人妻である袈裟御前が盛遠に恋を迫られ、思いあまった挙句、夫になりすまし盛遠に自分の首を打たせたという悲劇。盛遠出家の原因となった。

*今物語―藤原信実編。仁治元年（一二四〇）頃の成立。

*業平の歌―古今集・春上・五三・在原業平。

*無心の歌に非ず……―明月記・建久九年二月二十五日条に見える評。無心歌のように見えてもそうでない。不思議だという。

21

月影の至《いた》らぬ里《さと》はなけれども眺《なが》むる人の心にぞ澄《す》む

法然上人《ほうねんしょうにん》

【出典】続千載和歌集・釈教・九八一、法然上人絵伝

月影が届かない里がないように、阿弥陀の慈悲の月光は平等に降り注ぐが、さらにそれを眺める人々の心の奥にはいっそう清らかに澄み渡ります。

【詞書】光明遍照十方世界念仏衆生摂取《せっしゅふしゃ》不捨の心を。

【語釈】○澄む―「住む」を掛ける。

【閲歴】浄土宗の開祖。長承《ちょうしょう》二年（一一三三）、美作《みまさか》に漆間《うるま》時国の子に生まれ、九歳で菩提寺に入寺、十三歳で比叡山に登り天台教学を学ぶ。四十三歳で専修念仏義《せんじゅねんぶつぎ》に目覚め、東山大谷《おおたに》で布教を開始、『選択本願念仏集《せんじゃくほんがんねんぶつしゅう》』を著す。旧教側の弾圧によって、七十四歳の時讃岐に配流（建永《けんえい》の法難）。四年後に帰京したが、翌建暦《けんりゃく》二年（一二一二）一月二十五日、八十歳で入寂。弟子に九条兼実《くじょうかねざね》や親鸞、熊谷直実《くまがいなおざね》等がいる。諱は源空《げんくう》。黒谷上人・大谷上人等と呼ばれた。

法然上人も名は浄土宗の開祖として名高い。その専修念仏門から親鸞が出たことも良く知られている。浄土宗は念仏宗《ねんぶつしゅう》とも言われ、一度でも阿弥陀仏の名を唱えれば弥陀の浄土に迎え入れてくれるという易門《いもん》として、民衆の間に急速に広まった。

この歌は、念仏を始める前に唱《とな》える『観無量寿経《かんむりょうじゅきょう》』の「光明遍照十方《こうみょうへんじょうじっぽう》

世界《せかい》」云々という頌《じゆ》の心を詠んだ釈教歌で、弥陀の光明はこの世界を遍《あまね》く照らし、念仏の衆生《しゆじよう》を済度《さいど》して捨てる事がないと言う阿弥陀賛嘆《さんだん》の心を述べたもの。法然はその慈悲を月光に喩《たと》え、阿弥陀仏の慈悲はそれを信じる人の心に住んで光明を与えるのであると、分かりやすく諭《さと》したのである。

和歌の世界では、これと似た表現に「人の心に月が入る」という言い方があった。紫式部の娘大弐三位《だいにのさんみ》の「山の端《は》は＊」という歌で、人の心に月が入るという表現が評判となって、以来何人かの歌人に踏襲《とうしゆう》されて来たが、法然はおそらくそうした歌を知っていて、宗教の世界に転用したものと思われる。

法然から三百年くらいたった室町時代中期の文明《ぶんめい》十八年（一四八六）六月十七日、後土御門《ごつちみかど》天皇の内裏で「賦何船連歌《ふすなにふねれんが》」という北野《きたの》社法楽百韻《しやほうらくひやくいん》連歌が行われた。その中で連衆《れんじゆ》の一人田向重治《たむこうしげはる》が「見る人の心を月や照らすらん」と詠んでいる。「心を月が照らす」というのは、おそらく法然のこの歌に拠《よ》ったものだろう。大弐三位から法然を経てこの重治の連句《れんく》に至るまで、一つの歌語《かご》が人々の間で繫《つな》がっていく事実をよく教えてくれている。

＊山の端は名のみなりけり…―後拾遺集・冬・三九一・大弐三位。この歌の後、大夫上や親隆、重家らが詠んでいる。

【補説】この歌の意を「月光は人の心に入っても人によって澄み方は様々に違ってくる」と教訓風に解釈する説もあるが、曲解であろう。

22

いにしへは踏《ふ》み見しかども白雪《しらゆき》の深き道こそ跡《あと》も覚《おぼ》えぬ

解脱上人貞慶《げだつしょうにんじょうけい》

【出典】続古今和歌集・釈教・七九五

以前は雪で埋まったその道を踏んで通ったこともあったが、今はどこを通ったか全く忘れたわい。確かに昔は少しは書物を見たが、今では釈迦が雪山《せっせん》（ヒマラヤ山）で修行した深い道もろくに覚えていない始末だ。

【閲歴】法相宗中興の祖。久寿《きゅうじゅ》二年（一一五五）藤原貞憲《さだのり》の子として生まれ、八歳で興福寺に入り、叔父の覚憲から法相と律《りつ》を学ぶ。維摩会や宮中の最勝講《さいしょうこう》などで活躍するが、三十八歳で笠置寺《かさぎでら》に隠棲。四十一歳で十一年かけた『大般若経』の書写を終了し、五十歳で竜華会《りゅうげえ》を開いて弥勒信仰を弘め、戒律の復興に尽力した。また法然上人の専修念仏の停止《ちょうじ》を朝廷に訴える。諱は貞慶、笠置上人と呼ばれ、解脱上人の追号を得る。『愚迷発心集』の著書があり、建保《けんぽう》元年（一二一三）五十九歳で入滅。

【詞書】僧正信憲、山階寺《やましなじ》別当になりて初めて三十講行ひ侍りける。聴聞に雪の降りける日、罷《まか》りて侍りけるに、難義《なんぎ》の出で来たりけるを、増弁《ぞうべん》法師、御簾《みす》の内へこれはいかにと尋ねたりければ、

解脱上人の名は、念仏宗の台頭《たいとう》を激しく弾劾《だんがい》した法相宗《ほっそうしゅう》の学僧として著名。低迷していた法相宗の存在を再び高からしめた人物である。

ある時、信憲僧正《しんけんそうじょう》の三十講を聴聞《ちょうもん》に出掛けたが、意味不明の経文があって揉《も》めていたので、増弁《ぞうべん》法師が貞慶のいる御簾《みす》の中へ、どういう意味か答えを訊《き》いたところ、この歌を扇の端に書いて出したと言う。碩学《せきがく》として聞こえた

貞慶でも解らなかったのだろう。雪で道を忘れてしまいました、と惚《とぼ》けている。ちょうど深い雪だったのでこう答えたのだろうが、言うまでもなく「踏み」は「文《ふみ》」の掛詞《かけことば》。昔は文を読んで学問もしたが、今日の雪で足跡も忘れてしまったと外したのだ。しかしこれだけでは何の変哲《へんてつ》もない答えだ。この「白雪」には、有名な雪山童子《せっせんどうじ》の故事が踏まえられていると思われる。雪山童子というのは、釈迦が*前生《ぜんしょう》で雪山《せっせん》（ヒマラヤ山）で修行したときの名前だ。ただ忘れたと惚けるのではなく、「白雪」を「雪山」の雪に引っ掛けて言ったところに、貞慶の洒落《しゃれ》が見える。さすがのわしも忘れてしまいましたわ、と照れるところを、とっさに雪山童子に託《かこつ》けて笑いを誘ったのである。

　こういう洒落がとっさに出るところに、貞慶の機転の早さと、日頃の蘊蓄《うんちく》が並でなかったことが窺われる。流石《さすが》と言うべきだ。

　高僧《こうそう》の道歌を多く集めた『道歌百人一首』には、この解脱上人の歌として、「立ち寄りて影もうつさじ流れては憂き世を出づる谷川の水」という歌を載せている。この谷川の水に立ち寄っても影を映すことはあるまい。いずれ流れていってこの憂き世から出てしまう谷川だから、といった意味だ。この世への執着の無意味さを詠《うた》ったのだろう。

檜扇《ひあふぎ》の端に書きて出だし侍りける。

【語釈】○踏み見しかども―「踏み」に「文」が掛けられている。雪道を踏んだことと書物を読んだことを同時に表したのである。

＊前生で―釈迦が前世で修行した様子を物語ったいわゆる「ジャータカ」（前生譚）の一つ。鳩にわが身の肉をそいで与えた話や、飢えた虎に身を投げた薩埵《さった》太子《たいし》の話などがよく知られている。

23

栄西禅師《えいさいぜんじ》

唐土《もろこし》の梢《こずゑ》もさびし日《ひ》の本《もと》の柞《ははそ》の紅葉《もみぢ》散りやしぬらん

【出典】続古今和歌集・羇旅・八九九

ここ中国の木々の梢も秋風に散って淋しくなってしまいました。今頃は日本の柞の杜の紅葉も散ったのでしょうか、母親が無事息災でいればいいのですが。

【閲歴】「ようさい」とも読む。日本臨済宗《りんざいしゅう》の開祖。保延《ほうえん》七年（一一四一）備中吉備津神社《びっちゅうきびつじんじゃ》の社家に生まれ、比叡山で天台学・密教《みっきょう》を学び、二十八歳で入宋。帰国後、台密の葉上流を開くが、四十七歳で再び渡宋し、天台山で臨済禅を摂取して帰国。日本に茶を持ち帰ったので「茶の祖」とされる。建久《けんきゅう》六年（一一九五）博多に日本最初の禅宗寺院を創建する。鎌倉幕府の庇護を得て寿福寺・建仁寺を開き、東大寺大勧進職を務める。『興禅護国論』『喫茶養生記』の著がある。建保《けんぽう》三年（一二一五）七月五日、七十五歳で入寂。

最初の入宋《にっそう》時に詠んだのか二度目の時かは分からないが、母親が健在であるとすれば、最初の時のことだろう。遥かに唐土《もろこし》に渡って、落葉した木々を見た時に、故郷日本の母に思いを馳《は》せて詠んだ時の歌で、意味は極めて平明で分かりやすい。18の永縁の歌にも「柞」に「母」を掛けた例があった。僧と言ってもやはり人の子であったということなのだろう。

【詞書】唐土に渡り侍りける時、秋の風身にしみける夕べ、日本に残り止まれる母のことなど思ひて詠める。

【語釈】○唐土—中国のこと。この時代は宋。○柞—コナラ・クヌギ・オオナラなど

この歌に特別宗教的な要素はないが、例の『道歌百人一首』には、「奥山の杉の群《むら》だちともすれば己《おの》が身よりぞ火を出《い》だしける」という歌を栄西の名前で載せている。鎌倉時代の武士の間では栄西の歌として伝承されていたのだろう。自然現象のいたずらで時々山が発火する山火事を例に取って、人間の引き起こす災《わざわ》いは、もともとその人間の心に原因があるとして、人間の不確かな心を風刺したのだ。

*天台《てんだい》の本覚《ほんがく》思想では、この三千世界の現象は人間の心の反映であるというふうに客観的な観想《かんそう》に力点を置くが、これに対し禅宗《ぜんしゅう》では、個々人の悟《さと》りの実践として能動的なあり方を提起した。歌語としては珍しい、山火事を採り上げた点など、そうした禅的な能動主義が反映していると言えそうだ。

栄西が開いた臨済宗が、*北条政子《ほうじようまさこ》や幕府の御家人《ごけにん》層に好評をもって迎えられたことはよく知られている。彼が創建した寿福寺《じゆふくじ》はやがて鎌倉五山《かまくらごさん》に、建仁寺《けんにんじ》は京五山《きようごさん》に格付けされた。喫茶の習慣を持ち込んだことも、その発展に大いに役立った。歴史的に禅僧がこの後も権力に接近し、しばしば*有力武士の後盾《うしろだて》となって、政治顧問的な役割を果たしたことは周知の事実である。禅の能動主義がもたらした結果と言ってもよいだろう。

の総称。18と同様、「母」を掛ける。

*天台の本覚思想―16源信の項でも触れた。

*北条政子―北条時政の娘で頼朝の正妻。頼朝の死後、尼将軍として権威を誇った。

*有力武士の後盾となって―主なところでは夢窓疎石《むそうそせき》(36)や快川《かいせん》(41)、沢庵《たくあん》(43・44)などがいる。天海(42)もそうだが、天海は天台僧。

24

皆人《みなひと》に一つの癖《くせ》はあるぞとよこれをば許せ敷島《しきしま》の道

慈鎮和尚慈円《じちんかしょうじえん》

【出典】正徹物語・下

世間の人には皆、それぞれ一つぐらい癖というものを持っているものです。私の癖は、この歌の道だと思って許してほしいものです。

【閲歴】摂関家の出身で抜群の教養を誇った天台宗の高僧。久寿二年（一一五五）関白藤原忠通《ただみち》の六男に生まれ、比叡山の無動寺や天王寺貫首《かんじゅ》を経て、後鳥羽《ごとば》上皇の護持僧《ごじそう》を務め、建久三年（一一九二）以降四度天台座主に就任した。諱は慈円《じえん》。『新古今集』の歌人としても傑出し、同集に九十一首が入集する。『愚管抄《ぐかんしょう》』を著して、公武《こうぶ》の併存関係を説いたことでも有名。家集『拾玉集《しゅうぎょくしゅう》』に六千首近い歌を残す。九条兼実の弟で、良経《よしつね》の叔父に当たる。嘉禄《かろく》元年（一二二五）九月二十五日、七十一歳で寂。通称は吉水僧正。05最澄の項でも触れた。

ちょっと変わったところを紹介しよう。慈円といえば、源平争乱後の後鳥羽院時代を生き、四度の天台座主に登ったことや、『*愚管抄《ぐかんしょう》』の著者として知られるが、定家や良経に伍《ご》して自在な和歌を詠い、『百人一首』に「おほけなく浮き世の民におほふかな」の歌を残した歌人としても有名だ。

この歌を載せる出典『*正徹物語《しょうてつものがたり》』には次のようにある。興福寺一条院門《もん》

【語釈】○敷島の道―「敷島の大和」とは日本のこと。漢詩に対して、日本の詩である和歌の道のことを言う。

*愚管抄―慈円が自らの歴史観を述べた書。歴史の変遷を説いて、現在の公家は武

跡《ぜき》であった兄の信円《しんえん》が、ある八月十五夜の夜、「今夜は慈円和尚はさぞや月の歌でも詠んでいることだろう」などと下働きの連中が噂しているのを聞きとがめ、けしからぬことだと怒って「一山の貫首ともあろうものが、歌にうつつを抜かしていることが世間の評判になっているのは面子《めんつ》にも関わり、なんとも嘆かわしい。今後は歌を止めて仏道に専心しなさい」という抗議の手紙を天王寺《てんのうじ》にいた慈円の所へ届けさせた。すると慈円は「ごもっとも」と言いながら、この歌を送り返してきたというのだ。

この返事をどう取るか。律儀《りちぎ》な人は、癖などと言って話をすり替えるのは不謹慎だと怒るだろうが、思わず、にやっとした人もいるはずだ。考えてみれば、なんともほほえましいごまかしではないだろうか。いくら兄だからといって、こういう杓子定規《しゃくしじょうぎ》に頭ごなしの物言いをする人にいくら説明したところで、理解してもらえないことは分かっている。慈円のさばけた懐《ふところ》の深さがこのようなところにもよく窺えるだろう。

もっともこの歌は、白楽天《はくらくてん》の「我ガ癖ハ章句ニアリ」*という詩句から借りたものだろう。言うところはどちらも同じで、天才の落ち着く所はどれも似たもの、芸術とは理屈ではないのだ。

士の補佐を受ける時代であるという歴史の道理を主張した。

*正徹物語―室町時代前期の歌僧正徹が残した歌論歌話。

*我ガ癖ハ章句ニアリ―白氏文集の山中独吟という詩の冒頭に「人各《おのおの》一ツノ癖アリ。我ガ癖ハ章句ニアリ」とあるのに拠る。

遺跡《ゆいせき》を洗へる水も入《い》る海の石と思へば睦《むつ》まじきかな

明恵上人高弁《みょうえしょうにんこうべん》

【出典】明恵上人行状記

あの、釈迦牟尼仏《むにぶつ》の聖地を流れていた印度の川から海に入り、この紀州の海岸にまで寄せて来て同じ塩水に洗われた石だと思いますと、浜辺の石ころまでが私には親しく感じられることです。

【閲歴】承安《しょうあん》三年（一一七三）武人《ぶじん》平重国の子として誕生。十三歳で高雄神護寺の文覚に入室《にっしつ》。十六歳で東大寺で受戒。紀州白上で暮らした後、高雄に住み、三十三歳以降は栂尾高山寺《とがのおこうざんじ》に華厳宗の道場を営んだ。少年時から夢想を得る資質があり、『夢記《ゆめのき》』と『明恵上人行状記《みょうえしょうにんぎょうじょうき》』には多くの夢の記が録されている。法然の『摧択本願念仏集』を駁《ばく》した『摧邪論《さいじゃろん》』を著述し、『明恵上人歌集』に約百五十首の歌を残した。貞永《じょうえい》元年（一二三二）一月十九日、六十歳で寂。

栂尾《とがのお》の明恵上人といえば、樹下座禅《じゅかざぜん》の肖像の図や『夢記』で知られるが、若い頃、旅の途次《とじ》から、親しんできた神護寺《じんごじ》の釈迦如来像に宛てて、あなたが恋しいという手紙を出したほど、生涯にわたって釈迦を追慕し続け、釈迦と一体となることを夢見て暮らしたことでも知られている。三十歳の時と三十三歳の時の二度にわたって印度へ渡ることを企《くわだ》て、その日程を詳細に計算

【語釈】○遺跡―釈迦如来の遺跡を指す。○入る海の石―やや舌足らずの表現。川から海に入った水で洗われた石という意味。

して計画表を作ったこともある。インド行きの計画は未遂*に終るが、とにかく釈迦に対する敬愛と思慕は並大抵ではなかった。

　この歌も、まさにそうした明恵の釈迦思慕の心を語って余りないといえるだろう。建久の末年頃、二十五、六歳の明恵が、紀州湯浅《きしゅうゆあさ》の沖合に浮かぶ鷹《たか》島《しま》という小島に人々と渡った時に詠んだとされるもので、『行状記』の前文には、釈迦の足跡を多く残す天竺《てんじく》の蘇婆卒塔河《そばそとがわ》の川水が海に流れ入り、和国《わこく》のこの磯辺の海水もその塩味《しおあじ》を同じくすると説き、一つの小石を拾って蘇婆《そば》石と名付けてこの歌を詠んだとある。この海岸がはるか西の天竺に通じているという発想はよくあるものだが、それを素直に歌にするとは、当時としては群を越えて自由であった証拠といえるだろう。

　『明恵上人歌集』や流布本の『栂尾明恵上人伝記』には、明恵がこの石をいつも文机《ふづくえ》の傍らに置き、死が近づいたとき、次の歌を詠んだと伝える。

　　我去りて*後《のち》に偲《しの》ばむ人なくば飛びて帰りね鷹島の石

　明恵の歌は概して当時の歌人から「子供のごとし」*と言われていたが、釈迦の足を洗った水に染まった石というだけで、この石を珍重してやまなかった明恵ならではの純真無垢な心が、この一首の歌からもよく分かる。

*未遂に終る―一度は人々に阻止され、二度目は占いによって行くなという仏の諭しがあったため。

*我去りて後に偲ばむ…―鷹島の蘇婆石よ、私が死んだあと、誰もお前のことを思い出す者がいなかったなら、故郷の鷹島へさっさと飛んで帰るのだぞ。

*子供のごとし―明恵の最も素朴な歌としては「あかあかやあかあかあかやあかあかやあかやあかあかあかあかや月」という歌が有名。

26

山の端《は》のほのめく宵《よひ》の月影に光もうすく飛ぶ蛍《ほたる》かな

道元禅師《どうげんぜんじ》

【出典】新後拾遺和歌集・雑春歌・六九九、傘松道詠

宵の月が山の端から浮かびはじめてほのかに光を注ぎ始めています。その明かりの中に、さらに麓《ふもと》の沢辺《さわべ》でかすかな燐光《りんこう》を放って何匹かの蛍が飛んでいますよ。

【閲歴】永平寺《えいへいじ》を開いた日本曹洞宗《そうとうしゅう》の開祖。正治《しょうじ》二年（一二〇〇）、内大臣久我通親《こがみちちか》の子として生まれる。十三歳で比叡山に入り、翌年剃髪受戒。三井寺で修行後、栄西から禅を学んで二十四歳で入宋。天童山《てんどうさん》の如浄から曹洞禅を伝授され、三年後に帰国。三十四歳で京都に興聖宝林寺を開く。四十五歳の時、波多野義重の要請で越前に永平寺を創建して禅の根本道場とした。三十二歳の時から『正法眼蔵《しょうぼうげんぞう》』全九十五巻を書き続け、建長《けんちょう》五年（一二五三）八月二十八日、五十四歳で化す。

【詞書】題知らず。

只管打坐《しかんたざ》の厳しい座禅と不立文字《ふりゅうもんじ》の悟りの世界を追求した道元は、四歳の時から中国の詩文や経書《けいしょ》を読んだという逸話《いつわ》を残す。『*正法眼蔵随聞記《しょうぼうげんぞうずいもんき》』によると、禅に目覚めてからはそうした知識は無用と見なしたことがあったようだ。しかしその道元も、*源信と同様、教化としての和歌の効用を自覚して、六十首の和歌を『*傘松道詠《さんしょうどうえい》』という家集に残した。全部が道元の作で

*正法眼蔵随聞記―道元の弟子懐奘《えじょう》が道元の言行や説示を聞くに随って記したもの。主著の正法眼蔵や永平広録、学道用心集に集大成された道元の思想を別の面から分

はないらしいのだが、なかなかの傑作だと思われる歌を多く含んでいる。

この歌も『傘松道詠』に載っている一首。よくある自然詠《しぜんえい》のように見えるが、暗闇の中に浮かび上がる淡い月光と、霊妙《れいみよう》な蛍の光が重なり合う情景を想像すると、なにか神秘的な荘厳《そうごん》さといったものに触れるような気がする。月の静と蛍の動というふうに理解して、静と動の宇宙的構造をこの取り合わせに見ていた可能性もある。

人は、自然が示すある様態《ようたい》に人智《じんち》を超えた不可思議な存在を感得《かんとく》し、何かしら世界の深奥《しんおう》といったものに触れることがある。それは一本の花でも、星空であっても、押し寄せる大海の波であってもよいのだ。道元もまた、月光と蛍の光が交差するこの闇の中に、美の中に隠された宇宙の実相《じつそう》をたくまず直感したのかも知れない。このように読むのは、深読みに過ぎると叱《しか》られそうだが、禅における悟りというものは思いもかけない所から訪れるものなのだ。さりげなく投げ出されたこの風景も、そうした一種の悟りの瞬間を告げているのではないだろうか。

次にあげる道元の歌も、自然を通してその奥に潜《ひそ》む実相を伝えるという点では似たものとなっている。

かりやすく伝える。

＊源信と同様—16参照。

＊傘松道詠—道元の死後、後継者達が道元の和歌を順次集成し、江戸時代中期に成立した。傘松は永平寺建立前に入った傘松峯大仏寺の名から取っている。

27

春は花夏《なつ》ほととぎす秋は月冬《ふゆ》雪冴《さ》えて冷《すず》しかりけり

同

【出典】傘松道詠・本来面目

春は桜、夏は郭公《ほととぎす》、秋は月と眺めてきて、冬は雪の光が清々《すがすが》しく冴えて涼しいことです。その全てがありのままにその物の本然の姿を示しています。

【詞書】本来面目。

【閲歴】前項参照。

もう一首、道元の歌を引く。この歌は、やはり道元の家集『傘松道詠《さんしょうどうえい》』に「本来ノ面目《めんもく》」という題で載っている。『無門関《むもんかん》』*の「春ニ百花アリ秋ニ月アリ夏ニ涼風アリ冬ニ雪アリ。若《も》シ閑事《かんじ》ノ心頭ニ挂《か》クル無クンバ便《すなは》チ是レ人間ノ好時節」という偈頌《げじゅ》の境地を転用したものだ。

桜、時鳥《ほととぎす》、月、雪と言った風物は、古来文人や歌人が四季それぞれの代表的な美として詠ってきたもの。しかし道元は、それらを美としてそのまま

*無門関―宋の無門慧開《えかい》編の公案集。この文言は第十九則の頌《じゅ》に見える。つまらぬ事に心を注がなければ、春に花が咲き秋に月があるように、この世はいつも素晴らしい世界であるという。

肯定して採り上げているわけではない。禅的な悟道《ごどう》という面からいえば、それらは仮《かり》のものであるとはいえ、同時に全ての存在の「本来の面目」を表してそこにあると言うのである。

「本来の面目」は真面目《しんめんもく》ともいい、存在の本来的なあり方を指す。*自然のあらゆる物象は宇宙の実相をその姿のまま表す本体なのだ。つまり茶碗なら茶碗、枯葉なら枯葉という存在は、その物体の本性《ほんしょう》を備えてそのままそこに具現《ぐげん》してあるというのだ。桜、時鳥、月、雪といった物象も、禅的な意味では、仮象《かしょう》であると同時に本体なのだ。道元はその真理を、伝統的な花や月という素材を借りて、この一首の歌に巧みにまとめたのである。ちなみにこの「真面目」という禅語は、現在では物の真価や、嘘やまやかしのない誠実な態度を示す「まじめ」という語に転じている。

日本初のノーベル文学賞を取った川端康成《かわばたやすなり》が、その受賞講演の「美しい日本の私」の中で、日本文化における融和精神の象徴としてこの道元の歌を引用したことは有名だ。川端は、西洋精神の対立構造とは異なる東洋的思考を示すためにこの歌を挙げたのだが、道元が思いもしなかった所で、この歌は思わぬ世界的脚光を浴びることとなった。

*自然のあらゆる物象は……道元の別の歌に「峰の色渓《たに》の響きも皆ながら我が釈迦《しゃか》牟尼《むに》の声と姿と」（傘松道詠）とある歌がこれに近いだろう。

【補説】宝治元年（一二四七）北条時頼に呼ばれて禅の心を問われた時に詠んだ道元の歌が十首、傘松道詠に載っているので、その中の二首を挙げておく。

・教外別伝《きょうげべつでん》―荒磯の波もえ寄せぬ高岩に牡蛎《かき》もつくべき法《のり》ならばこそ

・不立文字―言ひ捨てしその言の葉の外なれば筆にも跡を留めざりけり

28

人間《じんかん》にすみし程こそ浄土《じやうど》なれ悟りてみれば方角《はうがく》もなし

親鸞《しんらん》上人

【出典】後撰夷曲集・一六六六、道歌百人一首

人間として生まれてきたこの世こそ浄土そのものだといえます。そう悟りを得てみると、今さら西方というような指し示すべき方角とてありません。

【閲歴】法然門から出て浄土真宗《じようどしんしゆう》を開いた宗祖。承安《じようあん》三年（一一七三）日野有範《ありのり》の子に生まれ、慈円の許《もと》で出家し比叡山に入る。二十九歳で聖徳太子の示現《じげん》を得て法然の門に帰依。三十五歳の時、その念仏停止の難に連座して越後に流罪された。四年後に許されたが、そのまま常陸《ひたち》を始め関東辺りに止住し、恵信尼《えしんに》と結婚。親鸞と改名して非僧非俗《ひそうひぞく》の生活を送った。晩年ようやく京に戻り、弘長《こうちよう》二年（一二六二）十一月二十八日、九十歳で入寂。主著に『教行信証《きようぎようしんしよう》』があり、死後その語録『歎異抄《たんにしよう》』が編まれた。

親鸞と言えば、後世『歎異抄《たんにしよう》』に載る「善人なほもて往生を遂ぐ、いはんや悪人をや」という＊悪人正機説《あくにんしようきせつ》が知られるようになったが、生存当時の貴族の日記や記録類で親鸞という存在に言及した記事はほとんどないと言われる。東国地方や底辺の民衆の中に生き、自らを愚禿《ぐとく》と呼んで、民衆に寄り添って生きたためであるのだろうが、その信念のゆえに、当然貴族的な和歌の

＊悪人正機説―善人はもともと救われるものと思ってかえって往生が難しいが、悪人の方こそ必死に救済を望んでいるので、往生の直道に近いというべきであると

類は余り残さなかった。その代わり、七五調の調べに乗せて唄う『*三帖和讃《さんじょうわさん》』などを作り、念仏の教えを口承《こうしょう》で行い、布教のための大きな力とした。

この歌はずっと後の江戸時代の『*後撰夷曲集《ごせんいきょくしゅう》』という本に載っているものだが、例によって本人の歌かどうかは怪しいものがある。親鸞に「地獄は一定《いちじょう》すみかぞかし」というこの世を地獄に透視する見方はあっても、この世そのものを浄土と見るような煩悩即菩提《ぼんのうそくぼだい》と言った天台的認識は、ふさわしくない気がする。極楽浄土がある西の方角は全ての専修念仏《せんじゅねんぶつ》の徒にとって悲願とも言うべきもののはずだ。親鸞がはたして「方角もなし」などと人々を煙にまくような言い方をしたものかどうか疑問だ。

幕末の『*絵本道歌百人集』には、「朝《あした》ニ紅顔《こうがん》アッテ正路《せいろ》ニ誇レドモ、暮《ゆふべ》ニ白骨《はっこつ》トナッテ郊原《こうげん》ニ朽《く》ツ」という詩句の賛《さん》に、親鸞上人の歌として「塗り隠す漆《うるし》の下の黒仏《くろぼとけ》なかなか剝《は》げばもとの白木《しらき》に」という道歌を挙げているが、これなども一休の狂歌《きょうか》めいていて怪しいと言うべきだろう。

ちなみに曾孫の覚如《かくにょ》が書いた『改邪鈔《かいじゃしょう》』には、生前よく親鸞が「某閉眼《それがしへいがん》せば加茂川に入れて魚《いを》に与ふべし」と言っていたとあるが、こちらの方がいかにも親鸞らしい文言《もんごん》であると思う。

いう説。

*三帖和讃―親鸞が七十五歳以後に著した浄土・高僧・正像末《しょうぞうまつ》和讃の総称。

*後撰夷曲集―古今の狂歌千五十首を集成した寛文五年（一六六五）の『古今夷曲集』に次いで、同じ生白堂行風《せいはくどうぎょうふう》が同十二年に編纂《へんさん》した狂歌撰集の続集。

*絵本道歌百人集―撰者未詳、松坂屋金兵衛板。「朝ニ紅顔アッテ……」という詩句は和漢朗詠集下・無常にのる義孝少将の詩句。

29

慶政上人《けいせいしょうにん》

唐土《もろこし》もなほ住み憂《う》くば帰り来《こ》ん忘れな果てそ八重《やへ》の潮風《しほかぜ》

【出典】続古今和歌集・離別・八四九

唐土も、もし住みにくいと分かったらさっさと帰って来ます。八重の潮風よ、その時、どうぞ私のことを忘れずに日本までまた無事に届けてほしいものです。

【閲歴】天台宗園城寺《おんじょうじ》（寺門派）の僧。文治《ぶんじ》五年（一一八九）太政大臣藤原良経の子として生まれ、幼児の事故によって出家を決意、三井寺の延朗に師事して天台寺門の法流を受け、二十歳で京の松尾に草庵を結んで遁世《とんせい》し、西山の法華山寺や峰堂を創建した。建保《けんぽう》五年（一二一七）頃、二十九歳で渡宋。二年後帰国して、法隆寺に舎利殿を建て、聖徳太子を深く鑽仰《さんぎょう》した。文永《ぶんえい》五年（一二六八）十月六日、八十歳で入寂。証月房などの号を持つ。『閑居の友』『漂到琉球国記』の著者。

【詞書】返し。（前歌の藤原家隆の歌に対する返歌）

＊藤原家隆—藤原定家と並び称された新古今時代を代表する歌人。「かりゅう」とも音読される。

『続古今集《しょくこきんしゅう》』には一首前に、親交があった歌人藤原家隆《いえたか》＊が慶政《けいせい》へ贈った歌がある。「慶政上人、唐土へ渡りける時、言ひつかはしける」という詞書で載る、「厭《いと》ふとは照る日の本に聞きしかど唐土《もろこし》までは思はざりしを」という歌である。あなたがこの世を厭う僧として生きるのは日本でのことと思っておりましたが、まさか中国へまで出掛けるとは予想外のことでした、という意味。この歌はそれに応えた慶政の歌。「八重の潮風」へ向かって「忘れるな」と呼びかけた歌と解《かい》して右のように訳してみたが、それでは家隆に対する返歌《へんか》にはならないことになる。八重の潮風を家隆に見立てて、八重の潮風であるあなたよ、私のことを忘れずにいてほしいと訳せないこともないが、歌としてはかなり苦しくなる。*

それはともかくとして、「八重の潮風」というあたりは多少の現実的な情感を感じるとしても、全体から訴えてくる歌としての風味に乏しい嫌いがある。慶政は勅撰歌人には違いないが、かなり後の『続古今集』が初出であるところからすると、歌はあまり得意ではなかったのかも知れない。

ただ、既に見た円仁《えんにん》や奝然《ちょうねん》の入唐や入宋に際しての悲壮感や不安に満ちた歌に比べると、「唐土もなほ住み憂くば帰り来ん」とさばさばというあたりは、時代が変わっていると言う観がする。すでに平清盛《たいらのきよもり》が宋との交易を盛んに行っていたことを思い起こせば、この時代、入宋の企てはそれほど危険なことではなかったのだろう。栄西や道元に続いて、聖一《しょういち》国師《こくし》やこの慶政が行き、建長元年（一二四九）には法灯国師覚心*が宋へ渡っている。

＊歌としてはかなり苦しく――私が帰ってくるそれまで、八重の潮風を隔てて中国にいる私のことを忘れずにいてほしいという意とも取れるが、説明不足である。

＊法灯《ほっとう》国師覚心《かくしん》――32一遍を参照。

30

おのづから横《よこ》しまに降る雨はあらじ風こそ夜《よる》の窓を打ちけれ

日蓮《にちれん》上人

【出典】三沢御房御返事、道歌百人一首

雨は本来真っ直ぐに降るものであって、横から降る雨などというものはありません。この夜、窓を横から打ち付ける音は、風がそうさせているのでしょう。

【閲歴】法華宗《ほっけしゅう》(日蓮宗)の開祖。承久《じょうきゅう》四年(一二二二)安房《あわ》小湊《こみなと》の漁師の子に生まれ、十二歳で清澄寺に入り、十八歳で出家。各地での修行を経て、三十二歳で日蓮宗を興《おこ》して辻説法を開始。幕府に出した『立正安国論《りっしょうあんこくろん》』により伊豆へ流罪。赦《しゃ》免《めん》後も幕府や他宗攻撃を止めず、再び鎌倉の竜ノ口《たつのくち》で斬罪されかけたが奇瑞《きずい》を得て佐渡へ逃れた。三年後鎌倉に戻り、文永《ぶんえい》十一年(一二七四)身延山に久遠寺《くおんじ》を開いて隠棲。弘安《こうあん》五年(一二八二)十月十三日、六十一歳で、武蔵国池上《いけがみ》で入寂。

日蓮宗といえば、「南無妙法蓮華経」の題目《だいもく》や「草木国土悉皆浄土《*そうもくこくどしっかい》」などの主張で知られている。しかし、その宗祖《しゅうそ》日蓮については、蒙古《もうこ》が博多に押し寄せた時代、幕府や浄土宗に対して果敢な辻説法を行った結果、二度の流罪に遭ったという戦闘的な姿勢を忘れるわけにはいかない。彼の死後、身延山派や日蓮正宗《しょうしゅう》等さまざまな法系《ほうけい》に分派したのも、机上の論理を否定したそ

＊草木国土悉皆浄土―日蓮が拠った最澄以来の天台法華経の本覚思想の中心をなす考えで、この世の全ての現象をそのまま実相の世界と見なす考え方。

の過激な行動主義がしからしめた結果であったということができよう。

　ここに採り上げた歌は、雨の風景をとらえた一見なんでもない歌のように見える。しかし、日蓮の人となりを考えると、そんな単純なものではなさそうである。上句《かみのく》で、もともと雨は真っ直ぐに落下するものということを引き合いに出している点からすると、現在横しまに当たる雨というものは正常ならぬもの、ではそうさせている物はなにか。

「よこしま」は「邪」とも書く。つまり邪道《じゃどう》であるという意味を含んでいる。とすれば本来、正道《せいどう》である仏の道を邪道に陥《おとしい》れているのは、横から打ち付ける風、すなわち浄土宗を始めとする他の邪宗《じゃしゅう》のせいであると言いたいのかも知れない。日蓮が旧来の諸宗を*邪道と激しく排撃したことは周知の事実で、この歌にそうした邪宗の存在を「横しまにふる雨」に喩《たと》えて詠んだものと思われる。

　そのように理解しなければ、この歌の意味は成立しない。この歌を載せた『三沢御房御返事《みさわごぼうごへんじ》』というのは、日蓮が直接口述《こうじゅつ》したもので、日蓮の実作として信用していいとされるもの。比喩の中に巧みにカモフラージュしてはいるものの、日蓮の攻撃的精神をここから読みとることは容易だろう。

＊邪道と激しく排撃―主著の『立正安国論』で、日蓮は、正法が確立しない限り国の安泰はないとして、特に法然の念仏門を激しく攻撃した。

31

跳《は》ねば跳ねよ踊《をど》れば踊れ春駒《はるこま》の法《のり》の道をば知る人ぞ知る

一遍《いっぺん》上人

跳ねるのだったら跳ねなさい、踊るのだったら遠慮なく踊りなさい。人間の心は春の奔馬《ほんば》のように抑《おさ》えがたいものなのですから、それを乗り静めて解放するところにこそ、乗馬と同じように、仏の道があるということは、解る人には解るものなのです。

【出典】一遍聖絵（一遍上人絵伝）・巻四

【閲歴】一遍は鎌倉時代中期の延応《えんおう》元年（一二三九）に伊予《いよ》に生まれ、熊野で修行して三十五歳で成道《じょうどう》したあと、踊り念仏を推賞して諸国を遊行《ゆぎょう》して時宗《じしゅう》を開いた。遊行上人《ゆぎょうしょうにん》・捨聖《すてひじり》とも呼ばれ、その弟子も代々遊行上人の名を継いでいる。その死は、親鸞に遅れること二十七年、日蓮に遅れること七年の正応《しょうおう》二年（一二八九）。鎌倉新仏教の開祖の一人として名を残した。死を管理する底辺の人々の尊崇を集めて、阿弥号《あみごう》をもつ多くの信奉者を作った。『一遍聖絵《ひじりえ》』や『一遍上人語録』がある。

一遍の行状《ぎょうじょう》を記した国宝絵巻の『一遍聖絵』には、一遍が各地で詠んだ和歌が五十首近くも載せられている。巻九には一遍による＊三十五行の和讃《わさん》もあって、彼が歌の効用を存分に理解していたことが知られる。

絵巻の詞《ことば》によれば、この歌は「踊り念仏などけしからん」などと息巻いてきた、比叡山の僧に対して応えたもの。春駒は春を迎えて動き回る馬、人間

【前書】江州《ごうしゅう》守山のほとり閻《えん》魔堂《まどう》といふ所におはしける時、延暦寺東塔桜本の兵部竪者《じゅしゃ》重豪と申しける人、聖の体《てい》見むとて参りたりけるが、「踊りて念仏申さるること怪《け》しからず」と申しけれ

の心に巣くう欲望を譬《たと》えて「意馬心猿《いばしんえん》」というが、春駒にその意馬の意を重ねているのだろう。「春駒の法の道」というのが難解だが、馬に乗るの「乗り」に「法」を掛け、馬を巧みに乗りこなせるように、人間の心も、踊りという手段によってエネルギーを解放させ、心を従えさせてこそ仏の道に叶《かな》うのだというのだろうか。相手の天台僧《てんだいそう》は「心駒《こま》乗り静めたるものならばさのみはかくや踊り跳ぬべき」、心の意馬を静めたのなら、そんなに踊り狂うこともあるまいと反論したが、一遍はさらに「とも跳ねよかくても踊れ心駒弥《み》陀《だ》の御法《みのり》と聞くぞ嬉しき」と応じた。心の駒が阿弥陀の法に添《そ》うと聞けば嬉しい、その法に乗って一緒に跳ねようではないかと誘ったのだ。この天台僧はこの問答によって改信して念仏僧になったと書かれている。

一遍は難しい哲理《てつり》などは説かない。『一遍聖絵』から何首か挙げてみよう。遊行衆とともに踊りまくった一遍の自在な境地がみて取れるだろう。

心より心を得んと心得て心に迷ふ心なりけり（巻四）

身を捨つる捨つる心を捨てつれば思ひ無き世に墨染《すみぞ》めの袖（巻五）

花が色月が光と眺《なが》むれば心は物を思はざりけり（巻六）

をのづから相逢ふ時も別れても一人は同じ一人なりけり（巻七）

ば、聖。

＊三十五行の和讃―最初の部分を挙げておこう。
身を観ずれば水の泡消えぬる後は人ぞなき／命を思へば月の影出で入る息にぞ留まらぬ／人天善処の形をば惜しめども皆留まらず……。
この和讃は一遍上人語録の冒頭にも別願和讃として少し形を変えて載っている。

32

同

唱《とな》ふれば仏《ほとけ》も我もなかりけり南無阿弥陀仏《なむあみだぶつ》なむあみだ仏

【出典】一遍上人語録・巻上・偈頌

仏の御名《みな》を唱えれば、対象である仏の存在も自分の存在も消え果ててしまって、ただあるものは南無阿弥陀仏の声のみです。

【閲歴】前項参照。

項を改めて、『一遍上人語録』からもう一首、興味深い逸話が付随している歌を見ておく。

『一遍上人語録』巻上の偈頌《げじゅ》の項に並んでいる五十五首の中の一首で、一遍が神戸の宝満寺の入宋僧《にっそうそう》*法灯国師《ほうとうこくし》の許に参禅《さんぜん》したときに、国師が『無門関《むもんかん》』の「念起即覚《ねんきそくご》」の心を示せと迫った。そこで即座に「唱ふれば仏も我もなかりけり南無阿弥陀仏の声ばかりして」と応じたところが、「未徹在《みてつざい》」（ま

*法灯国師―生前の号は覚心。信濃の人。建長元年入宋し、四年後に帰国して、正嘉《しょうか》二年（一二五八）和歌山の由良に

だ不徹底である）と叱られたので、次にこの「南無阿弥陀仏なむあみだ仏」という歌を示したところ、今度は認可の証《あかし》である手巾《しゅきん》と薬籠《やくろう》を与えて貰ったとある。どこが違うかと言えば、最初の歌の「声ばかりして」の部分には、まだ理由を説明しようとする一遍の私意が出ているというのだろう。その分だけ雑念が入っているということになる。後の歌は「南無阿弥陀仏なむあみだ仏」となっていて、作者の存在はもう消えている。つまり我も仏もない念仏三昧《ざんまい》の境地へと昇華《しょうか》していることになる。

このような一種の禅問答のようなやり取りがあって、見事、法灯国師の試問に合格したと言う点が痛快だ。相当な修行体験があって初めて可能となることだろう。一遍と言うと、遊行《ゆぎょう》上人《しょうにん》とか*捨聖《すてひじり》という呼称が通行していて、行動者であるというイメージが先行しがちだが、宗教的で重厚な体験に裏打ちされた、その深い人格が人々を魅了したのだろう。だからこそ多くの人たちが彼の踊り念仏に随行したのだと思われる。

親鸞にしろ一遍にしろ、易行道《いぎょうどう》を主張したその情熱の底には、外側からは計り知れない強固なエネルギーが満ち満ちていたと言えそうだ。

西方寺を建立した。永仁《えいにん》六年（一二九八）九十二歳で入寂。一遍より三十数歳年長。

*捨聖―名利《みょうり》を捨てて生涯を無一物のうちに生きた聖のことで、浄土系の僧に多い。鎌倉時代の書『一言芳談《いちごんほうだん》』にそうした思想の集約が見られる。

33

聞くやいかに妻恋ふ鹿の声までも皆《かい》与《よ》実《じつ》相《さう》不《ふ》相《さう》違《ゐ》背《はい》と

無住《むじゅう》法師

【出典】沙石集・巻五・和歌の道深き理ある事

山の中で妻を恋い慕って鳴く鹿の声までが、「皆与実相不相違背」と聞こえるのを、あなたはどう認識いたしますか。この世にあるすべての物で仏の真理を語っていないものはないのです。

【閲歴】法名一円《いちえん》、または道暁《どうぎょう》。鎌倉時代後期の臨済宗《りんざいしゅう》の僧。嘉禄二年（一二二六）鎌倉に生まれる。最初は顕密を中心とする天台学を学んだが、円爾《えんに》に従って禅に入門し、さらに聖一国師弁円《べんえん》に禅密融合の教えを受ける。尾張の長母寺《ちょうもじ》に住し、歌仏《かぶつ》一如《いちにょ》の和歌《わか》陀羅尼説《だらにせつ》を強力に主張した。正和《しょうわ》元年（一三一二）十月十日、八十七歳で入寂。『沙石集《しゃせきしゅう》』『雑談集』などの仏教説話集の著者として知られる。『沙石集』は正安《しょうあん》三年（一三〇一）の成立で、当時の民間説話も多く収載している。

この歌を載せている『沙石集《しゃせきしゅう》』「和歌の道深き理《ことわり》ある事」の段は、「和歌の一道をいろいろと思い解くと、散乱粗動《さんらんそどう》する心を静め、人間の心を静寂な境地へ導く徳がある。また少ない言葉で真実を言い表すのは、仏の真言《しんごん》である陀羅尼と同じである」という趣旨の文言で始まる。和歌*の言葉は、仏の言葉を伝える梵文《ぼんもん》の陀羅尼と同じだというのだ。

【語釈】○皆与実相不相違背《かいよじつさうふさうゐはい》―仏教語で、この世のすべての現象は皆、実相に背かないというような意味。

*和歌の言葉は…―04満誓の後半を参照。

これが、無住が説いてやまない和歌陀羅尼観なのだが、以下、大日経《だいにちきよう》の三十一品《さんじゆういつぽん》は和歌の三十一文字に通じるとか、諸法《しよほう》はすべて実相の中にあるといった天台本覚思想を紹介するなどして、和歌と仏道の相即一如《そうそくいちによ》なることを説き進め、最後にその具体的例として、自身の体験から生まれたこの歌を引用している。

昔、ある山中に住んでいたとき、鹿の鳴く声が「皆与実相不相違背」と聞こえたので、世俗の粗言《そげん》軟語、つまり日常世界の言語もすべて仏の説く第一義を表しているのだと悟ったというのだ。鹿の鳴き声自体はキイと短くて、「皆与実相不相違背」などという長たらしいものではないが、その日常的な鳴き声の中に仏が説く真理を読み取ったというのだ。この話は、ブッポウソウの鳴き声が「仏法僧」と唱えているのだというような見方と基本的には同じだと見ていいだろう。よくある説だが、こうした身近な例を使って、高邁《こうまい》な真理をなじみやすく説くのも仏教者の勤めでもあった。

無住という坊さんは、一方で難しい講釈を延々と説いて飽きないところがあったが、こうした易しい話をよく挟《はさ》んで講釈を行ったようだ。狂言で有名な「附子《ぶす》」*と言う噺《はなし》の原話もこの『沙石集』に載っている。

*附子―ある山寺の坊主が飴《あめ》を一人で喰って、稚児《ちご》には毒だと言って食べさせずにいた。ある時、僧が他出したので、飴を喰おうと思い棚から取ろうとしたところ、飴が落ちて髪や小袖《こそで》に掛かった。その後稚児は散々に飴を食い、僧が大事にしている水瓶《みずがめ》を壊して待った。帰って来た僧が泣いている稚児を見て問いただすと、稚児は大事な水瓶を割ってしまったので死んで詫びをしようと思って附子を食べたが、幾ら食べても死なない、髪や小袖に塗っても死にませんと答えたので、僧は何も言えなかったという話（巻八・児《ちご》の飴くひたる事）。

34

他阿上人真教《たあしょうにんしんきょう》

長閑《のどか》なる水には色もなきものを風の姿や波と見ゆらむ

【出典】他阿上人家集・四、道歌百人一首

静かに落ち着いて湛《たた》えられている水には波もなく色もないものなのです。波があるのは風が吹くからで、その風が波となって表れるのです。

【閲歴】鎌倉後期の時宗《じしゅう》の僧で、一遍《いっぺん》に従って諸国を遍歴し、二世遊行上人を継いだ。嘉禎《かてい》三年（一二三七）京に生まれ、浄土宗の良忠に師事した後、大分《おおいた》に遊行中の一遍に遭って随従《ずいじゅう》した。一遍の没後、その遊行の形態とお札くばり*の行を引き継ぎ、主に北陸と関東地区を遊行して回った。正安三年（一三〇一）京に七条道場金光寺を、またその二年後に無量光寺《むりょうこうじ》（清浄光寺《せいじょうこうじ》・遊行寺《ゆぎょうじ》）を藤沢に創建した。文保《ぶんぽう》三年（一三一九）正月二十七日、八十三歳で入滅。

宗祖《しゅうそ》一遍に、多くの教化の和歌があることは先に見たが、一遍の跡《あと》を継いだこの他阿上人も千四百首以上の和歌を『他阿上人家集』に残している。勅*撰集には一首入集しただけだったが、冷泉為相《れいぜいためすけ》や京極為兼《きょうごくためかね》から歌を習っており、それだけに歌はよく整っていると言えるだろう。

下に挙げた詞書は一首前の「嬉しとて春をば祝へ来る年に死ぬる命の末ぞ

【詞書】一遍上人遷化《せんげ》の後、化《け》導《どう》を引き継ぎ給ひけるに、越前の国惣社《そうじゃ》にて正応四年極月《ごくげつ》の別時勤行し給ひて、結願《けちがん》の時詠み給ひける。

＊お札《ふだ》くばり―一遍が熊野神に夢告を得て信徒に「南無

近づく」という歌に付されたものだが、この歌にも当てはまる。一遍が亡くなった年に、別時勤行《べつじごんぎよう》の結願《けちがん》を祝って詠んだ歌で、他阿は五十三歳である。物の本体という物は本来色もなく香もなく、波もないものであるが、それをあるように見せるのは風の仕業《しわざ》だというのだろう。風が何の比喩であるのかは説明が少し難しい。

この歌は、先に見た日蓮の「おのづから横しまに降る雨はあらじ風こそ夜の窓を打ちけれ」の歌と「風」の作用を説く点でやや似ている。しかし日蓮の歌が攻撃的であったのに対して、万物は本来無色であるという理を説くこの他阿の歌は、大分趣《おもむき》が違う。他阿の場合は、しいていえば、人の心に波風を立てる雑念や煩悩《ぼんのう》のことを広く喩《たと》えて言ったものだろう。そう言う点では、先に紹介した「*花が色月を光とながむれば心は物を思はざりけり」という一遍の歌に近いと言うべきであろうか。

蛇足《だそく》ながら、他阿とか相阿彌《そうあみ》とか観阿彌《かんあみ》とか、「阿」「阿彌」などの阿彌号を持つ僧は時宗の僧であることが多い。足利将軍に仕えた*同朋衆《どうぼうしゆう》などもその例だ。また時宗の本山である藤沢の遊行寺の住職は、代々他阿弥陀仏と称したが、「他阿」と略して呼ぶ場合は時宗二祖《にそ》のこの真教を指す。

阿弥陀仏決定往生《けつじょうおうじょう》六十万人」という札を配った行為。

*勅撰集には一首―玉葉集・雑五・二五二九・読人知らず「あはれげに逃れても世は憂かりけり命ながらぞ捨つべかりける」(私家集大成所収、他阿上人家集・四番)。

*花が色月を光と……―31を参照。花や月は人に見える外形。その本質が色や光であると悟れば、心は雑念に左右されないというのである。

*同朋衆―足利将軍に仕え、取次ぎや御伽《おとぎ》などに従った。時宗出身で造園や芸能に長けた者が多く、阿弥号を持っていた。

35

三十《みそ》あまり我も狐《きつね》の穴に住む今化《ば》かされる人も理《ことわり》

大灯《だいとう》国師妙超《みょうちょう》

【出典】大灯国師養牛軽吟集

私も三十年ほど鬼窟《きくつ》ならぬ狐の穴に住んで、いろいろな妄想をせっせと養ってきたものだ。だからお前さん達が私に化かされるも道理というものよ。

【閲歴】鎌倉末期の臨済宗の僧。字は宗峰《しゅうほう》。弘安《こうあん》五年（一二八二）、播磨《はりま》に生まれる。最初は天台門に入ったが、後、禅に転じ、高峰顕日・南浦紹明らに師事した。正中《しょうちゅう》元年（一三二四）、紫野に京五山の第一とされる大徳寺《だいとくじ》を開く。花園《はなぞの》天皇、後醍醐《ごだいご》天皇の帰依を受けた。著に『夜話記』がある。延元《えんげん》二年（一三三七）十二月二十二日、五十六歳で示寂。

【詞書】会下《えか》の僧に寄す。

弟子の僧たちに向かって与えた歌だからだろうか、随分と人を喰った言い方だ。これまでに採り上げた歌にはこのようなものはなかった。百年後の、室町時代に同じ臨済門から出て大徳寺を再興《さいこう》した＊一休《いっきゅう》がこうした戯《ざ》れ歌を盛んに詠んで人を煙に巻いているが、さすがに大徳寺の祖大灯国師だけのことはある。

＊一休―38で扱う。

三十年あまり狐の穴に棲《す》んできたとあるから、四十歳位の時の作と思われる。狐の穴というのはもちろん比喩で、禅定《ぜんじょう》に明け暮れてきた修行の庭を指す。しかし、禅宗には「野狐禅《やこぜん》」といって、まだ悟ってもいないのに悟った気でいる生悟《なま》りの状態を言う言葉がある。「鬼窟《きくつ》*」という言葉もこれに近い。一方、言うまでもないが狐は人を化かす生き物として有名だ。つまり、儂《わし》もまだ生悟りだが、三十年もやってくれれば、狐のおかげで人をたぶらかすことなど自由自在、だから、お前さん達のようなひよっこなど騙《だま》すことなど何でもないと言うのであろう。「今化かされる人」というのは、自分の説教を聴いてコロリと騙される目の前の弟子たちを指して言ったもの。お前たちが儂に騙されるのはもっともだから用心せよ、人を信じてはならぬぞと、禅に生きる者の心得をあっさりと伝えてたしなめたのだ。

禅にあっては、もちろん目の前の現象をそのまま信じることは愚《ぐ》の骨頂《こっちょう》であった。この単純な真実をどこまで自由自在に現実の中で活機《かっき》*として展開できるか、それが悟りのバロメータでもあったのだ。ここには難しい講釈など何もないが、当たり前の真実を、ズバリと示せば示すほど効果的であった。次ぎに挙げる歌などもそうしたパターンの一つである。

＊鬼窟―「鬼窟の活計」ともいい、知識に暗いことを言う。狐も鬼も似たような仲間である。

＊現実の中で活機として―国師の歌に「簑《みの》はなしそのまま濡れて行く程に旅の衣に雨をこそ着れ」（大灯国師養牛軽吟歌）というのがある。簑など無くても平気、雨に濡れて行けば雨が簑になるではないかというのである。国師の自在な活機がよく出ている歌といえるだろう。

36

極楽《ごくらく》に行かんと思ふ心こそ地獄《ぢごく》に落つる初《はじ》めなりけり

夢窓《むそう》国師疎石《そせき》

そもそも極楽に行こうと思う、そういう心そのものが、地獄に落ちる初めと言っていいのです。人間はすべからく我欲《がよく》から離れなければならないのです。

【出典】夢窓仮名法語

【閲歴】南北朝《なんぼくちょう》期の臨済宗の僧。建治《けんじ》元年（一二七五）伊勢の生まれ。初め天台に従ったが、二十歳で京の建仁寺《けんにんじ》の円範に師事して禅宗に転じ、三十三歳で鎌倉万寿寺の仏国国師に印可を受ける。一旦隠遁したが、後醍醐天皇の帰依を得て南禅寺九世。また足利尊氏《あしかがたかうじ》・直義《ただよし》兄弟の帰依を受け、京都五山の天竜寺《てんりゅうじ》と相国寺《しょうこくじ》の開山。また円覚寺《えんがくじ》十五世も継ぐ。道号は夢窓、諱を疎石《そせき》といい、仏統国師・大円国師など多くの追号がある。観応《かんのう》二年（正平《しょうへい》六年、一三五一）、九月三十日、七十七歳で入滅。疎石は疏石とも書く。

【出典】夢窓仮名法語は母親に禅の心をやさしく説いたもの。二十三問答や足利直義の問に答えた夢中問答と並ぶ夢窓の仮名法語の一つ。

夢窓の名は、天竜寺船《てんりゅうじせん》の派遣を足利直義《ただよし》に建議したこと、弟子の絶海中津《ぜっかいちゅうしん》以降、五山文学《ごさんぶんがく》に夢窓派が主流をなしたこと、また造園に優れ、苔寺西芳寺《こけでらさいほうじ》や天竜寺の庭を造営したこと、和歌・連歌《れんが》を好み、約百二十首の歌を『正覚国師和歌集』に残したことなど、様々な方面で名高い。『夢窓国師語録』『夢中問答《むちゅうもんどう》』『仮名法語《かなほうご》』、道歌集『夢窓国師百首』もあり、著書も多彩である。後醍醐天皇と尊氏の敵対する双方から帰依《きえ》を受けたことも、世俗の秩序を超越したその悟りの深さを物語っているといえよう。

この歌は、極楽に行こうとすると地獄へ行くことになるという鬼面人《きめんひと》を驚かすような逆説が詠《うた》われている。しかし、何物にも囚《とら》われるなという禅の鉄則からすれば、そもそも極楽へ行こうと考えること自体がすでに囚われていることになる。またこの考えは、*心の持ちようによって黒にも白にもなるという宗教上の真理に基づいているといえる。正面切った論理ではなかなか真理を伝えられないとき、禅ではこうした*思い切った比喩で人々の迷妄《めいもう》に風穴《かざあな》を開けることをよく行った。人により強烈なインパクトを与えることが出来るからである。

夢窓には、我々は無から生まれたのだから死後の行く先などで悩んでも無駄だと詠った「いづくより生まれ来るともなきものを帰るべき身もなに嘆くらむ」という歌があるが、一休はこれを「*一人来て一人帰るも迷ひなり来たらず去らぬ道を教えん」という比喩で詠った。禅家《ぜんけ》の歌は悟る方向が一致するので、しばしばこうした共通認識が現れるが、この「いづくより」云々は、右の歌に比べると、まだ正面から詠っている方であろう。

＊心の持ちようによって―疎石の夢中問答に「もし人、心に適《かな》ふことを愛せずば、心に背くこともあるべからず。然らば即ち、我を悩ます物は外境にあらず。偏《ひとへ》にこれ自心の咎《とが》なり」という一節がある。

＊思い切った比喩―38一休の項で引用する「仏に逢うては仏を殺し…」という言葉などがその典型。

＊一人来て一人帰るも迷ひなり…―38参照。

37

なほ守れ和歌の浦波《うらなみ》かかる世に逢《あ》へるや道の神も嬉しき

権大僧都《ごんのだいそうづ》堯孝《ぎようこう》

【出典】新続古今和歌集・神祇・二一三八

こうしてこの暗い濁世《じよくせ》の世に、勅撰の慶事に出会い、敷島《しきしま》の道を伝えることが出来るのは正に私の喜びであります。和歌の神よ、どうぞ今後更に深くお守り下さい。

【詞書】この集仰せ出だされし時、和歌所の開闔《かいこう》になさる由承《よしうけたまは》りて、仕《つか》うまつり侍りし。

【語釈】○道の神―和歌の神として尊崇された住吉・玉津島・人麿の三神が代表。和

【閲歴】室町中期の真言宗の僧。一三九一年（明徳《めいとく》二年、元中《げんちゆう》八年）、僧都堯尋の子として生まれる。二条派《にじようは》の歌僧頓阿《とんな》の曾孫に当たり、応永《おうえい》の後半頃より頭角を顕わし、親近していた飛鳥井雅世《あすかいまさよ》、冷泉派《れいぜいは》の正徹《しようてつ》と併称された。永享《えいきよう》四年（一四三二）以降、将軍足利義教《よしのり》に重用され、『新続古今集《しんしよくこきんしゆう》』撰集の際の開闔《かいこう》を務めるなど、二条派の正統を継ぐ歌人として当時の歌界で重きをなし、享徳《きようとく》四年（一四五五）七月五日、六十五歳で没した。仁和《にんな》寺常光院《じじようこういん》に住んで常光院と号したので、その流れを常光院流という。

堯孝《ぎようこう》という名は、和歌研究者の間では、二条派の重鎮《じゆうちん》として名を残した歌人としてよく知られている。多くの歌書に常光院《じようこういん》として見えるのがこの人で、鎌倉末期に二条派の歌僧として活躍した頓阿《とんな》の曾孫として生まれ、南北朝初期に二条家が断絶した後、この堯孝とその子孫の堯憲・堯盛、弟子筋の堯恵・兼載《けんさい》・東常縁《とうのつねより》らが二条派の道統《どうとう》を継いでいった。

詞書によれば、この歌は最後の勅撰集として知られる『新続古今集』の編纂時に、六代将軍足利義教の執奏《しつそう》によって和歌所《わかどころ》の事務長官である開闔《かいこう》に任じられた時、そのことを和歌の神に感謝して詠んだ歌とある。

『新続古今集』というのは、『古今集』に始まった二十一代集の掉尾《とうび》を飾る勅撰集である。冷泉家《れいぜいけ》が義教と反目していたため、飛鳥井雅世《あすかいまさよ》が撰者に選ばれ、いくつかの曲折を経た後、第百三代後花園《ごはなぞの》天皇の永享六年（一四三四）十一月に全二十巻が*返納《へんのう》された。時に堯孝は四十三歳、かねて親交のあった雅世に協力してこの撰集の完成に功を果たした。

勅撰集に携《たずさ》わるほどの歌人や有力歌人が、代々、神代から伝わる敷島の道を守り伝えるためにいそしみ、和歌の神への感謝とその加護を祈念《きねん》することは当然のことであった。たとえば*俊成《しゅんぜい》は「敷島や道は違《たが》へずと思へども人こそ分かね神は知るらん」という歌を、住吉社神主*津守《つもり》国助は「敷島の道守りける神をしもわが神垣《かみがき》と思ふ嬉しさ」などと詠んでいる。この堯孝の歌もそうした歌に準ずるものであることは言うまでもない。今後も長く歌道を守ってほしいと祈っているが、雅世にしろ堯孝にしろ、まさかこの勅撰の仕事が最後の勅撰集になろうとはついぞ思わなかったことであろう。

歌の道を敷島の道と言う。

＊返納―続千載集以降、勅撰集の完成を返納と言った。

＊俊成―千載集の撰者、定家の父。この歌は新千載集・神祇に載る。

＊津守国助―十三世紀後半の住吉社神主。津守家は和歌の神である住吉社の神主として代々勅撰歌人を多く輩出した。この歌は井蛙抄巻六・雑談に見える。

38

一休《いっきゅう》和尚

釈迦《しゃか》といふ悪戯者《いたづらもの》が世に出でて多くの人を惑《まど》はするかな

【出典】かさぬ草紙・八十八話

釈迦といういたずら者が世に生まれ出たせいで、この世の多くの人々を惑わせるという大変なことになったことですよ。

【閲歴】応永《おうえい》元年（一三九四）京に生まれ、六歳で安国寺《あんこくじ》に入室《にっしつ》、二十二歳から江州堅田《ごうしゅうかただ》の大徳寺派の華叟《かそう》宗雲に師事、二十五歳で頓悟《とんご》して一休宗純《そうじゅん》を名乗った。華叟の死後、諸所の寺や庵に仮寓した。六十三歳で田辺に妙勝寺を創建。晩年、応仁《おうにん》の乱で荒廃していた大徳寺を再興し、四十七世についた。後小松《ごこまつ》天皇、細川勝元《ほそかわかつもと》などの後援を受け、十五歳から学んだ詩作を、『狂雲集《きょううんしゅう》』に残す。文明《ぶんめい》十三年（一四八一）十一月二十一日、八十八歳で寂。

一休の名は、権威に反抗して風狂自在《ふうきょうじざい》の世界に一生を送った禅僧として知られている。人はその反骨《はんこつ》の人柄を愛し、後に頓智《とんち》小僧一休の伝説を生んだことは周知のとおり。後小松天皇の後胤《こういん》説というのも知られる。

この歌は一休が詠んだという確証はないが、彼の狂歌として知られる数十に及ぶ作のうち、よく知られた一首で、いかにも一休が言いそうな歌である。

【詞書】紫野の一休あそばされ候ふ歌。

○出典である作者未詳「かさぬ草紙」は一六四四年（正保）以前の書で、一休に関する六話を載せている。

る。それにしても、とんでもないことを言ったものだ。お釈迦様を悪戯者《いたずらもの》などと喝破《かっぱ》した歌など前代未聞だといっていいだろう。しかし、これこそ禅の神髄をよく物語っていることに気付かなければならない。

中国唐代の臨済宗の祖*臨済《りんざい》に、師の黄檗《おうばく》から与えられた印《いん》可証《かしょう》と机を焼いたという有名な逸話があり、その語録集の『臨済録』には、「仏に逢《お》うては仏を殺し、祖に逢うては祖を殺し、羅漢《らかん》に逢うては羅漢を殺し、父母に逢うては父母を殺し、親眷《しんけん》に逢うては親眷を殺して、初めて解脱《げだつ》し、物と拘はらず、透脱《とうだつ》自在《じざい》なることを得ん」という物騒な立言《りつげん》がある。『*碧巌録《へきがんろく》』などにも、「祖仏《そぶつ》共に殺す」といった同じ発想の表現があちらこちらに見えている。一休自身も「*虚堂《きよどう》来るもまた半銭に値せず」という詩句を残しているが、形や権威に囚われる愚を徹底的に指弾《しだん》することは、まさに禅に生きる者の真骨頂であった。

その詩にみずからのことを「*風狂ノ狂客狂風ヲ起コス／来住ス淫坊酒肆《いんぼうしゅし》ノ中」とうたうように、『狂雲集』中には、女色《にょしょく》をうたう艶詩《えんし》や淫詩《いんし》、酒に耽《ふけ》る快楽をうたう戯詩《ぎし》の類が満ち満ちていることは有名だ。最後の遺偈《ゆいげ》の一つでも「*身後《しんご》ノ精魂何処《いづく》ニカ去ル、黄陵《こうりょう》ノ夜雨馬嵬《ばかい》ノ風」と、美女の墓に帰

*臨済―中国唐代の臨済宗の祖。苛烈な教育で知られる。

*碧巌録―唐・宋の禅僧の偈《げ》頌《じゅ》類から百の名言を集めて解説を付したもの。宋の圜《えん》悟《ご》の編。臨済宗の僧がバイブルとした。

*虚堂―中国南宋の禅僧。五山に住んで多くの日本の禅僧を指導した。この句は、虚堂がやって来たって半銭の価値もないと痛撃したもの。

*風狂ノ狂客狂風―狂雲集・一五六。

*身後ノ精魂何処ニカ…―死

りたいなどとうそぶいて平気であった。
そうした偽悪《ぎあく》に徹した一休の精神を理解すれば、釈迦のことを悪戯者と呼ぶくらい何でもない。こうした警句を投げつけることによって、形骸化した仏教世界を痛烈に面罵《めんば》し、仏者《ぶっしゃ》の覚醒を促《うなが》したのだ。
一休の狂歌と称されるものは、この歌を始め、一休の俗伝を綴った本の中には幾らも満ちている。中でも有名なのは、杖の先に髑髏《どくろ》をかざして、

*門松《かどまつ》は冥土《めいど》の旅の一里塚目出《めで》たくもあり目出たくもなし

とうたって回った「正月髑髏」の逸話だろう。正月だと言って人々は目出たいというが、真実は死への一里塚に過ぎないと言うのだ。これに類する奇警《きけい》な歌を、一休の俗伝からいくつか紹介してみよう。

*成仏《じょうぶつ》は一念弥陀仏《みだぶつ》と聞くものを百万遍は無益なりけり

浄土宗では一度でも阿弥陀仏の名を唱えれば救われると言うくせに、百万遍念仏を強要するのは何事かというのだ。念仏宗に対する強烈な皮肉。

*直《すぐ》なるもゆがめる川も川は川仏も下駄《げた》も同じ木の切れ

真っ直ぐな川もくねった川もみな川は川。仏像だって下駄だって同じ木の切れ端にすぎないという、偶像崇拝の風《ふう》を風刺したものだ。

んだ後、私の心は舜妃の蛾皇や女英を祀った黄陵や楊貴妃を祀った馬嵬《ばかい》の辺りをさまよいつづけるであろうという意。

*門松は冥土の旅の……——月《つきの》苅藻《かるも》集、一休ばなし、本朝酔菩提《すいぼだい》など多数の書に載る話。

*成仏は一念弥陀仏……——この歌は、かさぬ草紙に一休として載る。

*直なるもゆがめる川も……——古今夷曲集・巻十・釈教。

黒からん衣《ころも》の裾《すそ》の黄になるは*善導大師《ぜんどうだいし》糞《ほこ》をたるらん

黒い袈裟衣《けさごろも》の裾が色あせて黄色になっている。これは善導大師が糞を垂らしたのであろうという。権威を落としめる一休お得意の諧謔《かいぎゃく》である。

*皮にこそ男 女《をとこをんな》の隔《へだ》てあれ骨には変はる人形《ひとがた》もなし

男と女の違いは表面を覆《おお》う皮一枚の違い、骨は人間の形としては同じであるという痛烈な一撃だ。

一人来て一人帰るも迷ひなり来たらず去らぬ道を教へん

江戸時代後期の『*贈答百人一首』には、弟子の蜷川親右衛門《にながわしんえもん》の「一人来て一人帰るも我なるを道教へんと言ふぞおかしき」という歌に対する返歌《へんか》として載っている。人間がこの世に生まれて結局あの世に帰るのは本来その人一人のものであるから、道を説くのは無駄ではありませんかと言うのに対し、一休は、そう考えること自体が迷いというもので、来るとか去るとかという相《そう》を超えた真実の道を教えようというのだ。

これらの歌を本当に一休が詠んだという保証はないが、真実を追求するには、こうした奇警な表現で驚かすのが一番であったのだろう。巷間《こうかん》に伝わるおなじみの一休さんの頓智話はその幼童版であったと言ってよい。

*善導大師―中国唐代の浄土教の僧。道綽《どうしゃく》に学んで中国浄土教を大成し、平安時代の源信に大きな影響を与えた。この歌は、一休ばなしに見える。

*皮にこそ男女の……―この歌を一遍の歌として伝える本もある。後世一休説話の中に吸収されたのであろう。この歌は醍醒斎（山東）京伝編、本朝酔菩提に、臭皮《しゅうひ》袋図《たいのず》とともにのる。

*贈答百人一首―幕末に近い嘉永六年（一八五三）に緑亭川柳が編んだ百人一首の異種もの。

39

一《ひと》たびも仏を頼む心こそ真《まこと》の法《のり》にかなふ道なれ

蓮如上人兼寿《れんにょしょうにんけんじゅ》

【出典】蓮如上人御詠集、道歌百人一首

一度でも良い、阿弥陀仏の御心《みこころ》にすがろうという心を持つことこそが、真実の仏法に叶う直道《じきどう》なのです。

【閲歴】戦国時代の浄土真宗の本願寺八世。応永《おうえい》二十二年（一四一五）、京に七世存如の長男として生誕。蓮如は号。広橋兼郷の猶子《ゆうし》を経て、四十三歳で本願寺を嗣いだが、五十二歳の時、比叡山によって祖廟を破壊される法難《ほうなん》に遭い、滋賀へ避難した。福井の吉崎坊の建設や、親鸞の正信偈《しょうしんげ》の『三帖和讃』を開板するなど旺盛な活動を続けた。文明《ぶんめい》十三年（一四八一）、京の山科《やましな》に本願寺を再建し、明応《めいおう》五年（一四九六）には大坂石山に巨大な堂舎（石山本願寺《いしやまほんがんじ》）を構えた。同八年（一四九九）二月二十五日、八十五歳で寂。本願寺中興の祖と言われる。

【詞書】河面《かはづら》よりして吉野蔵王《ざおう》堂《だう》一見の時、一年《ひととせ》の憂かりし事を今思ひ出でて。

この蓮如の歌は、吉野の金峯山《きんぷせん》に赴《おもむ》いて蔵王堂を望見《ぼうけん》した時、往時の法難を思い出して詠んだ歌だとされている。一度でも阿弥陀の名を念ずれば八十《はちじゅう》億劫《おっこう》の罪を滅し、阿弥陀の本願によって浄土に迎えられるという、真宗《しんしゅう》の人にとっては法然・親鸞以来のおなじみの教えを祖述《そじゅつ》したものだが、むしろ当たり前の事を念々《ねんねん》に確認することは蓮如が本望*としたことだった。

*蓮如が本望としたこと—蓮

他力本願《たりきほんがん》という易行《いぎょう》を説いた専修念仏《せんじゅねんぶつ》の教えは、一見民衆にとっては易しく思える道だけに、かえって一途《いちず》で過激な面が要求され、その本質には煩悩を徹底して否定する無私《むし》の心といったものが潜んでいた。「たとえ法然聖人に賺《すか》され参らせて、念仏して地獄に落ちたりとも、後悔はしない」というのは『歎異抄《たんにしょう》』に見える親鸞の言葉だが、この言葉は、一念に徹してやまないそうした念仏衆の激甚《げきじん》な精神をよく象徴しているものと見るべきだろう。

蓮如も「一たびも仏を頼む心」を強調しているが、その裏側には詞書にもあるように「一年の憂かりし事」という痛憤《つうふん》の思いがあったことを見忘れてはならない。蓮如自身、この歌を詠んで、過酷であった法難をくぐり抜けて、念仏に向けて新たな勇猛心を奮《ふる》い起こそうとしたのだと思われる。

真宗の徒は死をも恐れないその過激な信仰によって一向宗《いっこうしゅう》とも呼ばれるようになり、戦国時代には各地で世俗勢力に対抗する強大な勢力を持つようになった。本願寺第十一世*顕如《けんにょ》が、比叡山の焼き討ちに続いて一向宗の壊滅《かいめつ》を図ろうとした信長に対抗し、石山本願寺に拠って十年にわたる抵抗を続けたことは有名だ。一向一揆というのはその彼等が武士団の横暴に抗議して引き起こした運動であり、その抵抗は家康の時代まで続いた。

如の主張に「一つことを聞きていつも珍しく、初めたるやうに信の上にはあるべきなり」（蓮如上人御一代記聞書）というものがある。

＊顕如―本願寺第十一世。一五七〇年から、後に大坂城となる地に建てた石山本願寺に籠もって信長と戦い、一五八〇年、正親町《おおぎまち》天皇の勅命を受けて和解し、同地を信長に譲った。後、秀吉からの寄進で顕如が七条坊門に建てたのが今の西本願寺である。

40

我もなく人も渚《なぎさ》のうつぼ舟付《つ》きなかりけるこそ法《のり》と見えける

玄虎蔵主《げんこぞうしゅ》

【出典】道歌心能策

日本の渚から大海に向かってこぎ出すうつぼ舟に乗る僧は、我もなく人もいないという状態で進む他ありません。そうした頼りとするものが一切ないという状態こそ、まさに仏法の教えそのものでありましょう。

【閲歴】室町・戦国時代の曹洞宗《そうとうしゅう》の禅僧。正長《しょうちょう》元年（一四二八）武蔵国に生まれる。幼なくして出家し、のち禅宗に転じて、駿府の石雲寺の性岱に師事した。五十一歳の年、三重に浄眼寺を開創。晩年に広泰寺を開いた。後土御門《ごつちみかど》天皇の要請で禅要を説き、紫衣《しえ》と禅師号を賜った。永正《えいしょう》二年（一五〇五）七月二十三日、七十八歳で寂。諱は玄虎。道号は大空《たいくう》。仏性活通禅師と追号された。

「我もなく人もなき」というのは、一見禅僧らしく、禅の究極の目標とした自他の区別を超越した我もなく人もないという無我《むが》の境地を詠ったもののようにも思われるが、三句目以降を見ると、どうもそうではなさそうだ。

二句目の「人も渚の」の「なぎ」は言うまでもなく「無き」の掛詞《かけことば》。三句目に見える「うつぼ舟」は、*補陀落渡海《ふだらくとかい》をする僧が乗り物としたうつぼ舟

【語釈】○人も渚の―「渚」の「ナキ」に「無き」を掛ける。○うつぼ舟―うつぼは空洞のことで、補陀落渡海の行者が西方に向かって漕ぎ出すときに、舟全体を密封したこの舟に乗って渡海した。

を指していると思われる。九世紀の貞観《じょうがん》の昔から室町時代の末にかけて、観音《かんのん》が住むという遥か西の補陀落山をめがけて船出をした*補陀落上人《ふだらくしょうにん》と言われた僧が、七十年ごとに一人の割合で出現した。彼等は、日本における補陀落とされた紀州《きしゅう》熊野《くまの》や土佐の足摺岬《あしずりみさき》から、中をくりぬいた一艘《いっそう》のうつぼ舟に乗り込んで、決死の覚悟でその絶望的な航海を行い、観音にその命を捧げたのだった。

「付きなし」というのは、頼りとする物がないということ。自分を捨て他人もいない、頼る物もない決死の独歩行《どっぽこう》を行う補陀落上人こそ、仏法のあるべき姿の一つと言えるのではないかという。自力救済を本旨《ほんし》とする禅宗の玄虎としては、補陀落渡海というような自棄《じき》的な行為は本来許容できる物ではなかったはずだが、絶対的な孤独の中を進むその精神は、比喩的に見て、仏法の神髄に添うものとして賞賛されるべき姿だったのだろう。

例によって、この歌を玄虎が本当に詠んだものか確証はない。『道歌百人一首』は、玄虎の歌として「*諸行《しょぎょう》みな無常《むじょう》なりとて世を捨つる人の心になるよしもがな」というもう一首の伝承歌を挙げている。

○付きなかりける―寄りつくすべがないこと。便りとするものがない状態を指す。

○法―仏法。舟の縁の「乗り」に掛けている。

*補陀落―観音菩薩の住居。インドの南海岸にあるとされた。

*補陀落上人―井上靖《やすし》の短編に、戦国時代の熊野補落陀寺の金光上人を主人公にした『補陀落渡海記』（昭和三十六年）という小説がある。

*諸行みな無常なりとて…―諸行無常を悟って世をさっぱりと思い捨てる人間の心になってみたいものだ。

41

心頭《しんとう》を滅却《めっきゃく》すれば火も自《おの》づから涼し

快川《かいせん》和尚《おしょう》 紹喜《じょうき》

【出典】碧巌録

念頭から全ての雑念を払い、ひとたび無念無想の境地に達すれば、燃えさかる火も火ではなく、涼しく感じられるものだ。

【閲歴】戦国時代の臨済宗の僧。生年は未詳。美濃《みの》の土岐《とき》氏《し》の人。道号を快川、諱は紹喜。京都妙心寺の宗寿に参禅。美濃の南泉寺、同崇福寺、京妙心寺の住持。永禄《えいろく》四年（一五六一）斎藤義竜《さいとうよしたつ》と反目して武田信玄に迎えられ、夢窓疎石が開いた武田家の菩提寺、塩山の恵林寺《えりんじ》第十四世に就任した。信玄の死後もその息勝頼に頼りにされたが、天正《てんしょう》十年（一五八二）四月三日、織田信忠《おだのぶただ》の軍勢に押し込められて、恵林寺の楼上に焚殺《ふんさつ》された。

少し趣《おもむき》を変えて、禅僧の詩偈《しげ》*から一つ採り上げてみよう。武田信玄が帰依した快川《かいせん》和尚《おしょう》 紹喜《じょうき》の最期の言葉として、戦国時代に詳しい人なら誰でもが知っている一句だ。僧侶の言葉としては最も有名かも知れない。

天正十年四月、信玄の遺児として一時、勇猛を誇った武田勝頼《かつより》*がついに天《てん》目山《もくざん》に敗死《はいし》し、その遺体を弔《とむら》った快川は、ついで長年信長に刃向かってきた

*詩偈—偈《げ》は本来仏典中の詩形式の文章。詩偈は禅僧達が悟りの要諦を詠った詩句を指す。

*武田勝頼—信玄の三男。父の跡を継ぎ、高天神城攻略

六角承禎義賢《じょうていよしかた》の遺児義弼《よしすけ》を恵林寺《えりんじ》に匿《かくま》った。快川の抵抗に業《ごう》を煮やした信長は、長子の信忠《のぶただ》にその掃討《そうとう》を命じた。信忠は降伏を拒否した快川を始め、百余名の僧俗《そうぞく》をことごとく山門楼上《さんもんろうじょう》に追い込めて、薪《たきぎ》を積み上げて火を付けて全員を焚殺《ふんさつ》した。快川は猛火の中に鎮座して、この偈《げ》を唱えながら従《しょう》容《よう》として死んだという。戦国時代の事とはいえ、比叡山の焼き討ちに続く、坊主嫌いの信長の信じられないほどの残虐な仕打ちだ。

もっともこの文句は、実は快川の創作ではない。禅僧が残した詩偈や遺偈《ゆいげ》の宝庫としては、『臨済録《りんざいろく》』『碧巌録《へきがんろく》』『無門関《むもんかん》』などが著名であるが、この偈は、もと唐の詩人杜牧《とぼく》の末子《ばっし》の*杜筍鶴《とじゅんかく》の詩句の一部を変えて、『碧巌録』第四十三則に克勤《こくごん》が引用して解説を加えたものである。本来は暑さを暑さとして感じない、寒さを寒さとして感じない無我の境地を説いたものだが、それを快川が自らの遺偈として活用したのである。

古い詩を転用したからと言って快川の偉さが無くなったわけではない。たびたび述べたように禅においては、悟った後にその悟りを活かす活機ということが大切であった。快川はその活気を最大限に実践して見事に死を全《まっと》うしたのである。まさにもって瞑《めい》すべきと言うべきだろう。

などに勝利を収めたが、次第に自己を過信し、長篠の戦いで信長軍に大敗した。以後、家臣の離反にあって、三十七歳で天目山に散った。

*杜筍鶴の詩―「夏日《かじつ》悟空上人ノ院ニ題ス」と題し「三《さん》伏《ぷく》門ヲ閉ザシテ一衲《のう》ヲ披《かぶ》ス。兼ネテ松竹ノ房廊ヲ蔭《おほ》フ無シ。安禅ハ必ズシモ山水ヲ須《もち》ヒズ。心中ヲ滅得スレバ火自《おの》ズカラ涼シ」という詩。夏の炎暑の中、一枚の僧衣だけで松や竹の蔭もないこの房廊で坐禅する。安らかな坐禅のためには何も山水に入る必要はない。暑いという心を無にすれば暑さは暑さでなくなるという意味。

42

気は長く勤《つと》めは固く色《いろ》うすく食《しょく》細うして心広かれ

天海僧正《てんかいそうじょう》

【出典】慈眼大師文書纂一五八

気をゆったりと持って、仕事に対しては堅実にし、色欲に対しては控えめにし、粗食に徹して、心を広く保っていることこそ長生きのもとであります。

【閲歴】戦国時代末期、江戸初期の天台宗の僧。天文《てんぶん》五年（一五三六）、会津高田の生まれと言われるが詳細は不明。十一歳で出家。天台宗を学び、五十三歳以降は川越の喜多院に住み、七十七歳から徳川家康の帰依を受け、さらには秀忠・家光にも仕えた。上野の東叡山寛永寺《とうえいざんかんえいじ》の開山。日光の輪王寺《りんのうじ》に家康の遺骸を東照権現として祀った。また天海版と言われる木活字の大《だい》蔵経《ぞうきょう》を日本で初めて開板した功績がある。その入寂は寛永《かんえい》二十年（一六四三）十月二日、百八歳と言われるが、実年齢は不明。南光坊と号した。

天海大僧正と言えば、晩年、家康の知恵袋として活躍した天台僧として有名で、百三十三歳まで生きた快僧とか、素性がはっきりしないところから明*智光秀《あけちみつひで》の生まれ変わりだとか言う怪しげな伝説もある。この歌は、家光が日光に東照宮を造営していた頃に、百歳に達していた天海に工事人達がその長寿の秘訣を尋ねた時に与えたとされるもの。日頃の健康に対する考えを素直

＊明智光秀の生まれ変わり―山崎で死んだのは光秀の替え玉で、本人は生き延びて天海になったという俗説。天海の前半生が不明な点と、その抜群の知性が光秀にふ

に示しただけの取り立てて言うべきほどの内容とも思えない。

しかし、僧院《そういん》に暮らす僧たちが釈迦の時代から健康法についてなみなみならぬ努力を重ねてきたことは確かなことだ。天台智顗《ちぎ》の『摩可止観《まかしかん》』や道元の『正法眼蔵』なども、長く僧院生活を続けるための養生や健康法について特筆していることは周知の通り。その管理法は精進料理の例でも分かるように、俗人世界のそれよりもむしろ徹底していた。

沢庵和尚《たくあんおしょう》も諸書において養生の重要性をしきりに説いた僧だったが、白隠《はくいん》も『夜船閑話《やせんかんわ》』『遠羅天釜《おらてがま》』などで*臍下《へそした》の丹田《たんでん》の重要性を説いている。また白隠が描いた海老図《えびず》の讃《さん》には「髭長く腰まがるまで生きたくば食を控へて独り寝をせよ」という、右の天海の歌に通じる歌も記されている。天海自身に特に健康法についての著作はないが、右の歌は、養生《ようじょう》に関する僧侶たちの千数百年以上の長い歴史が到達した結論とみれば、素直に納得がいく。これまで見てきた僧の多くが結構長生きしているという事実はその結果にほかならない。天海はその生涯を通して私的なことは一切語らなかったと言われる人だが、歌も残さなかった人で、知られているのはこの歌ぐらいである。この歌も、そうした天海の没個性的な生き方が表れているともいえるだろう。

さわしいとする所から生まれた。

*臍下の丹田の重要性―白隠の俗謡に「気海丹田に主心が住めば四百四病も皆消ゆる」(主心お婆々粉引歌)がある。

【補説】家康にはもう一人、黒衣の宰相と称された金地院《こんちいん》崇伝《すうでん》というブレインがいた。例の方広寺大仏の鐘の銘文「国家安康」に、家康の名を分割して入れたという難癖を付け、大坂冬の陣の布石を図ったのはこの崇伝と天海のコンビであった。また家康の死後その神格を明神とするか権現とするか、崇伝と天海が争ったことでも知られる。

43

仏法と世法《せほう》は人の身と心ひとつ欠《か》けても立たぬものなり

沢庵禅師《たくあんぜんじ》

【出典】古今夷曲集・釈教・一〇四四、道歌心能策

この世を支える仏法と世法は人間の身と心のようなものです。身と心のどちらも無くては叶わぬように、仏法と世法のどちらか一つが欠けても、この世は成り立たないものなのです。

【閲歴】大徳寺百五十三世を継いだ臨済宗の僧。天正元年（一五七三）兵庫の出石《いずし》で生まれ、諱は宗彭《そうほう》、道号は沢庵という。京都大徳寺の宗園のもとで修行。大坂堺の大安寺の洞仁に学び、陽春寺の紹滴の法を嗣《つ》ぐ。慶長《けいちょう》十二年（一六〇七）大徳寺の首座《しゅそ》を務め、徳禅寺や南宗寺の住持を経て大徳寺の住持になる。寛永六年（一六二九）紫衣事件《しえじけん》で幕府に抗して出羽に流罪。その後、後水尾院《ごみずのお》や徳川家光の帰依を得て、東京品川に東海禅寺を開く。正保《しょうほう》二年（一六四五）十二月十一日、七十三歳で入寂した。

沢庵宗彭《たくあんそうほう》と言えば、*紫衣《しえ》事件に連座《れんざ》したことや、徳川家光や池田光政《みつまさ》、柳《や》生《ぎゅう》但馬守《たじまのかみ》など将軍・大名・武家から庶民層に至る幅広い交友を持ち、諸国を遊歴してその自由無碍《じゆうむげ》の禅機《ぜんき》を伝えた禅僧として著名である。漬け物の*タクアンにその名が冠せられたことでも知られ、また吉川英治の国民小説『宮本武蔵』の中にも武蔵を導く重要な役割をもって登場している。

*紫衣事件―寛永六年、皇室から賜った紫衣を幕府に召し上げられ、大徳寺と妙心寺の僧が抗議して流罪に処せられた事件。沢庵は出羽に流された。

*タクアンにその名が―沢庵

この歌は「身と心」のところで三句切《さんくぎ》れになっているので、最初は少し分かりにくく見えるが、仏法と世法の二つは、人間に於《お》ける身と心のようなものだという比喩を語っていると理解すれば、すっきりと読み解くことが出来る。身と心が常に心身一体であるべきであるように、仏法と世法のどちらが欠けてもこの世は成り立たないと言うのである。

ヨーロッパの近世初期、キリスト教と王権がしばしば対立し、＊王権神授説《おうけんしんじゅせつ》などという観念によってバランスを保っていたことは有名だが、日本でも信長が比叡山を焼き討ちして多数の僧を虐殺したり、一向宗《いっこうしゅう》とも十年にわたって抗争したことは、まだ耳目《じもく》に新しい頃だった。臨済宗が世俗の権力と対立する物ではなかったことは栄西の項で述べたが、沢庵が権力者たちに禅の心得を説いたことも、そうした禅の立場から外れるものではない。

沢庵の語録である『東海夜話』に「人皆各々の得たる所（得意とするもの）一つあるものなり」という言葉がある。沢庵の格言《かくげん》としてよく知られたものだが、仏法と世法を二つながら大事であると説いたこの歌も、僧侶なら普通仏法を第一にするところを、政治や社会を律《りつ》する世俗法の存在を忘れずに説くところに、歴史の奥を見抜いてきた沢庵の現実主義が見て取れる。

が好んだ大徳寺の漬け物で、沢庵が「貯《たくわ》え漬け」といって家光に勧めたところ「タクアンだな」といって笑ったという。

＊王権神授説―君主の権力は神から授かったものであるから、人民はこれに反抗することはできないとする王権擁護の政治学説。

44　同

思はじと思ふも物を思ふなり思はじとだに思はじや君

【出典】不動智神妙録

思うまいと思うのも、実は物を思っている証拠である。君よ、せめて思うまいと言う思いをさえ、持たないようにしようとは思いませんか。

【詞書】有心之心無心之心。

【閲歴】前項参照

この歌は、徳川家の剣術指南役柳生但馬守宗矩《たじまのかみむねのり》に活人剣《かつじんけん》の極意《ごくい》を説いて与えた『不動智神妙録《ふどうちしんみようろく》』の「有心の心無心の心」の項に見える歌。沢庵は「古歌に」として引用しているが、古歌《こか》にかこつけて作った可能性もある。

テーマの「有心《うしん》・無心《むしん》」の心というのは、有心も無心も心にとっては同じ事の両面であって、「思う」という心の働き自体が結局は邪念《じやねん》に過ぎないと言う意味。つまりは、一切の思念を捨て去れと説いたものである。勿論《もちろん》そんなことは出来るはずもないが、禅の心を説く方便《ほうべん》としてこうした覚えやすいリズムに乗せて訴えることも必要だったのである。

　三十一文字の中になんと「思ふ」が五回も出てくる。同じ語を繰り返すことは王朝の歌人であったら*絶対にしない表現だが、僧侶たちは道歌の中でこうした破格の歌い方を憚《はばか》らなかった。覚鑁《かくばん》上人の歌にも「夢」が四回も重なっていたし、一遍にも「*心より心をへんと心得て」という歌があった。*慈円にも「心あれば心なしとぞ思ひ知る嬉しき物は心なりけり」という歌がある。沢庵は、これとは別に『不動智神妙録』の最後に、「心こそ心惑わす心なれ心に心心ゆるすな」というやはり同じ語を繰り返す歌を引いている。同じ歌を同時代の仮名草紙作者の鈴木正三《すずきしょうさん》も『万民徳用』という著作の中で引用しているので、こちらは当時出回っていた伝承歌であったようだ。

　また明恵に「あかあかや」の歌(25)があったし、江戸時代の木喰上人《もくじきしょうにん》行道《ぎょうどう》にも「丸々と丸め丸めよわが心まん丸丸く丸くまん丸」という歌がある。この種の*一種語呂合わせに近い歌が、口調の軽やかさが愛《め》でられて、世上に広く流布《るふ》したことは確かなことだろう。僧の歌としての一つの伝統を見るべきだろう。

*絶対にしない表現―孫姫式《ひこひめしき》など初期の歌論以来、同事や同字を詠むことは同心病として最も嫌われた。

*心より心をへんと―一遍にはこれと似た歌「心をば心の怨《あた》と心得て心のなきを心とはせよ」という歌がある。

*慈円にも―24参照。その家集拾玉集には一遍と同様、心を主題にした歌が数十首も見える。

*一種語呂合わせに近い歌―江戸時代の米沢《よねざわ》藩主上杉鷹山《ようざん》の「なせばなるなさねばならぬ何事もなさぬは人のなさぬなりけり」という歌や、太平洋戦争の海軍提督山本五十六《いそろく》が詠んだ「して見せて言って聞かせてさせてみて褒めてやらねば人は動かじ」といった歌もこの系列に属す。

45

思へ人ただ主《ぬし》もなき大空《おほぞら》の中には洩《も》るる海山《うみやま》もなし

元政《げんせい》上人

【出典】草山和歌集・八四、道歌百人一首

みなさん、考えてもみて下さい。これといった中心もない大空から洩れて落ちてしまうような海も山も無いということを。この天空は果てしなく広がる自由の世界なのです。

【詞書】若離我執忽然帰大我といふ心を。

武士という境涯を嫌って京都の深草《ふかくさ》に隠棲した元政《げんせい》上人は、以後、隠逸《いんいつ》の生活と法華経信仰に明け暮れ、また詩作に耽《ふけ》った。妙子・不可思議・泰堂・幻生・霞谷山人など多くの号を持っている。京の詩仙堂《しせんどう》に隠棲した石川丈山《*いしかわじょうざん》や儒者《じゅしゃ》の熊沢蕃山《*くまざわばんざん》らと交流をもち、詩文集『草山集《そうざんしゅう》』を残した。彼は『扶桑《ふそう》隠逸伝』や『本朝法華伝』の著者としても知られるが、一方では和歌も良

【閲歴】江戸中期の日蓮宗の学僧。元和《げんな》九年（一六二三）、京で毛利家家臣石井宗好の五男として生まれ、始め彦根藩主井伊直孝に仕えたが、二十六歳で出家。三十三歳で深草に称心庵という法華道場（瑞光寺）を営んで隠棲した。内省の自行を尊重し、法華律を提唱して後の法華宗に影響を与えた。また当代一流の詩歌人としても知られ、深草の元政、また草山和尚と名乗った。寛文《かんぶん》八年（一六六八）二月十八日、四十六歳の壮年で入寂。

＊石川丈山―十七世紀の文人で書家。本名重之。大坂夏の陣に徳川家家臣として活躍したが、後、東山の麓に詩仙堂を建てて隠棲した。

くし、『草山和歌集《そうざんわかしゅう》』には約百五十首の歌を残している。

この歌の詞書「若離我執忽然帰大我」という偈頌《げじゅ》は「若《も》シ我執《がしゅう》ヲ離レ忽然《こつぜん》トシテ大我《たいが》ニ帰スガゴトシ」と読む。無我の境地を表す「大我」の世界を「大空」に喩えてこの歌を詠んだ。「大我」とは我を超越した絶対境を指す。何物も主を持たない天空は巨大な海も山も全てを洩らすことなく呑《の》み込んで泰然《たいぜん》自若《じじゃく》、自由自在ではないか、だから皆さんよ、つまらない小事に囚われてジタバタすることを止めようと言うのだろう。人間の我を海や山の如きものとして喩えたのかも知れない。

元政は禅僧ではないが、五山《ごさん》の禅僧達と交流して詩を学び、その言行《げんぎょう》にはむしろ禅に近いものが感じられる。

この歌を載せる『草山和歌集』の最後は、「*鷲《わし》の山常に澄むてふ峰の月仮に現れ仮に隠れて」という歌で終わっている。「鷲の山」は釈迦が法華経《ほけきょう》や無量寿経《むりょうじゅきょう》を説いたという霊鷲山《りょうじゅせん》のこと。そこに常に輝いている月(釈迦)でさえも、昇ったり隠れたりする仮《かり》のものに過ぎない。そのように全てが空《くう》であると悟れば、何物にも囚われることは無いのであるという。この「鷲の山」の主張も、掲出した歌に大いに通う点がある。

*熊沢蕃山―江戸前期の陽明《ようめい》学者。中江《なかえ》藤樹《とうじゅ》に学び、岡山池田藩の家老を長く務めた。

*鷲の山―霊鷲山《りょうじゅせん》。冒頭の行基の歌にも見えた語。

46

鉄眼禅師《てつげんぜんじ》

釈迦阿弥陀地蔵薬師《しゃかあみだぢぞうやくし》と名はあれど同じ心の仏《ほとけ》なりけり

【出典】道歌百人一首

お釈迦様、阿弥陀様、お地蔵さま、お薬師さんと各々に名称の違いがありますが、全て同じ心をお持ちになる仏様だったのですねえ。

【閲歴】江戸中期の黄檗宗《おうばくしゅう》の僧。寛永七年（一六三〇）一月一日、熊本守山八幡宮の社僧《しゃそう》の子に生まれ、浄土真宗の海雲の下で出家、道光また鉄眼と名乗った。二十六歳の時、長崎にいた黄檗宗祖の明僧隠元《みんそういんげん》に学び、隠元が京に去った後、福済寺の性稲に師事する。三十九歳以降、大蔵経の開板を計画し、浄財を募り、細川氏の後援を得て、延宝《えんぽう》六年（一六七八）新刻《しんこく》の黄檗版大蔵経を完成。天和《てんな》二年（一六八二）の畿内大飢饉に難民救済に奔走した。同年三月二十二日、五十三歳で寂。

臨済禅《りんざいぜん》の一派黄檗宗《おうばくしゅう》は禅と戒律の一致を唱え、念仏と禅の融合を図ったことで知られる。その祖として有名な隠元《いんげん》和尚は承応《じょうおう》三年（一六五四）に来日、京都宇治の地に万福寺《まんぷくじ》を開いた。世に普茶《ふちゃ》料理として知られる料理は、この黄檗派の僧が奨めた精進料理のこと。その門から出た鉄眼は、隠元が将来した明《みん》の万暦版《ばんれきばん》＊大蔵経《だいぞうきょう》に訓点《くんてん》を加えた黄檗版大蔵経六千九百五十六巻を作る

＊大蔵経―一切経《いっさいきょう》とも言わ

という偉業を成し遂げた。

右の歌は、これまで釈迦・阿弥陀・地蔵・薬師など数多くの仏様の名が伝えられ、その持ち分とする所が異なると説かれてきたが、詮《せん》ずるところは、どの仏様も衆生済度《しゅじょうさいど》を目的とする点で、その心は同じであるということが分かったというのだ。結句の「なりけり」というのは、改めて気付かされたという驚き示す言葉。極めて大胆な発言とも、また言われてみればその通りだとも、その分かりやすい言い方には納得する。

釈迦から薬師まで日本人が親しんできた仏の名を四つも連ねていて、皆を一緒にしているところが面白く思われる。おそらく大蔵経を十二年かけて仕上げた鉄眼の広範な学識《がくしき》と、念仏による禅の庶民化を図ったその開放的な姿勢がここにも反映しているのだろう。

うるさいことを言えば、釈迦と阿弥陀は如来《にょらい》*だが、地蔵と薬師はまだ修行中の身の菩薩《ぼさつ》*だ。しかしそのような格付けも庶民の間では無意味というもの。分かりやすい道歌であり、この歌には、庶民の側に身を置いて生きた鉄眼和尚の優しい視線が窺《うかが》える。


れ、過去に作られた経典類や高僧の論などを集大成したもの。中国唐代に編集された全五千四百巻に及ぶものが有名で、その後一万千九百七十巻に拡大された。日本では15でみた奝然が招来し、江戸時代に入って天海僧正が作った日本初の天海版とこの鉄眼版があり、大正時代に活版で公刊された大正新修大蔵経がある。

＊如来─仏の中の最高位。自由自在の境地を得た仏で宇宙に遍満《へんまん》する。他に大日《だいにち》如来など。
＊菩薩─如来に達する一段階前の仏。観音や弥勒《みろく》なども菩薩位である。

47

聞かせばや信田《しのだ》の森の古寺《ふるでら》の小夜《さよ》ふけがたの雪の響きを

白隠《はくいん》和尚《おしよう》慧鶴《えかく》

【出典】宝暦九年「藻塩草」、道歌百人一首

みんなに私が悟ったあの時の雪の音を聞かせたいものである。あの信田の森の古寺でしんしんとした夜更けに聴いた雪の降る音を。

【閲歴】江戸中期の臨済宗の僧。貞享《じようきよう》二年（一六八五）十二月二十五日、沼津に生まれ、十五歳で地元松蔭寺の単嶺の下で出家、各地の師について修行した後、信州正受庵の道鏡慧端のもとで印可を受け、慧鶴と名乗った。三十四歳で京の妙心寺の首座となったが、その後松蔭寺に戻った。大寺《たいじ》を避けて諸国を遊歴しつつ道俗《どうぞく》を教化した。明和《めいわ》五年（一七六八）十二月十一日、八十四歳で寂。生涯名利《みようり》を嫌い、墨染めの粗衣で過ごしたと言われている。

【詞書】篠田の僧堂にて雪をきゝて大歓喜を得しとき

【語釈】○信田の森―「信太」とも書く。和泉の国の歌枕。樟《くす》の大木の下に白狐が棲んだという洞窟があり、信田の森の葛葉《くずのは》狐が安倍保《やす》

白隠慧鶴《はくいんえかく》といえば、江戸中期に出て臨済宗の中興《ちゆうこう》の祖《そ》と称《たた》えられ、五百年に一人の逸材と言われた人物である。名利を離れて諸国を遍歴して回り、禅の民衆化を図る為に力を注いだ。庶民からは白隠和尚として大いに慕われ、「駿河《するが》には過ぎたる物が二つあり富士のお山と原の白隠」と詠われている。

右の歌は、まだ修行中の頃に、泉州信田《せんしゆうしのだ》の曹洞宗の寺、蔭涼寺の寿鶴道《じゆかくどう》

人《じん》に参禅《さんぜん》したある日、「*女子出定《しゅつじょう》」という『無門関《むもんかん》』第四十二則の公案を考えて徹夜で坐禅をなしていたとき、夜更けての静寂の中で雪の降る音を聞いて悟るところがあったので、その時の心境を語ったものであると言われる。「信田の森」「古寺」「小夜ふけがた」「雪の響き」という全ての物がこの時に総合されて、豁然《かつぜん》と悟るところがあったというのだ。禅の悟りは機が熟した時突然にやってくるらしい。理屈ではないのである。

この歌の表現自体には、道元の「山の端《は》にほのめく宵《よひ》の月影に光もうすく飛ぶ蛍《ほたる》かな」(26)を思わせるものがある。夜という時間や辺《あた》りの静けさという点が一致しているが、道元が「月」「蛍」という光を持ってきたのに対して、雪の響きと言った音を持ってきているところに違いがある。

この雪の響きというのが、雪の降りしきる音なのか、樹から落下する音なのかは分からないが、おそらくは前者の、普通の人であったら聴きつけることが不可能な雪の降る幽《かす》かな音を、白隠ははっきりと感受したものと思われる。

禅の世界では、悟りの瞬間というものは比喩でしか語れないものだが、それを皆の前で語って隠さないところに、白隠の馴染み深さがある。しかしいくらそう聞かされても、弟子たちにも追体験出来るはずのものでもない。

名《な》と結婚し、安倍晴明を産んだという信田妻伝説で知られた土地。

*女子出定―弟子たちが釈迦に挨拶をしていた時、一人の女人が釈迦に近づいて三《さん》昧《まい》に入って動かなくなった。釈迦に言われて文殊菩薩が坐禅を解こうとしたができない、何故かという公案。

48

同

若い衆《しゆ》や死ぬがいやなら今死にやれひとたび死ねばもう死なぬぞや

【出典】明和二年「春日野の勅」十七首

若い衆や、そんなに死ぬのがいやなら、今ここで死にな
され。一回死ねば、もう死なぬという道理じゃわい。怖
がることも　なくなるわい。

【閲歴】前項参照。

もう一首、白隠の歌からあげる。八十一歳になった白隠が、ある家中の侍に「死」の大文字と詩偈《しげ》を書いて与えたところ、他の武士たちが自分らにも何か書いてくれと所望したので、近ごろ奇特《きとく》だといって即席に書いてやった戯歌十七首のうちの最初の一首である。

禅僧たちは大概はこの世は無と無の間の夢のようなものだと説くが、さっさと死んでしまいなさい、死んでしまえばもう悩むことはないと、鬼面《きめん》人を

【出典】末尾に「右の名歌十七首、心あらん人々はすべからく日々に三復すべし。明和乙酉仏誕生日　沙羅樹下老衲所」とある。

驚かすような言い方をしているところがいかにも白隠らしい。この十七首の中には、「何事も皆うち捨てて死んでみよ閻魔《えんま》も鬼もぎゃふんとするぞ」という人を喰った歌も入っている。改まった教訓というのではなく、*日頃の会話口調でさらっと投げ出している点も、万機《ばんき》を突き抜けた飄々《ひょうひょう》とした白隠の人柄がよく出ていて痛快である。

こういう、頭から水をかぶせるようにして人々の迷妄を覚まそうという破《は》天荒《てんこう》な諧謔《かいぎゃく》は、室町時代の一休に近く、道元の時代にはまだなかった。白隠が晩年に好んで書いた書に「南無地獄大菩薩《なむじごくだいぼさつ》」という一行書があるが、「地獄大菩薩」などとは今まで誰も言ったことはない。極楽も地獄も一緒だとうそぶいて平気なのも、*白隠の突き抜け方をよく示す例だ。

白隠が出て以降、臨済宗はすっかり白隠の法流に帰したと言われるが、禅を大衆化した功績は確かに白隠に帰されてしかるべきであろう。

生まれてきた時、白隠は黒目が二重という迫力ある目をしていたという。また彼が禅画に長じていたことは有名で、特に目の大きな禅宗の祖達磨《だるま》大師の絵を自画像のつもりで何枚も描いた。この歌の背後からも、人々を睨《にら》み付けている彼の大きなギョロ目が髣髴《ほうふつ》としてくるようだ。

*日頃の会話口調で―白隠の著には禅を民衆の中に滲透させようとして誰でも解るように仮名交じりで説いたものが多い。健康法を説いた「夜船閑話《やせんかんわ》」「遠羅天釜《おらてがま》」二書の他、禅の心得を日常の道徳として説いた「主心《しゅしん》お婆々粉引《こなひき》歌」「おたふく女郎粉引歌」「大道おちょぼくれ」「見性成仏丸万書」「善悪種蒔鏡《たねまきかがみ》」といった仮名法語や俗謡類がある。

*白隠の突き抜け方―死んだ時遺偈の類を一切残さなかったというのも白隠らしい態度である。

49

くどくなる気短《きみじか》になる愚痴《ぐち》になる出しゃばりたがる世話《せわ》やきたがる

仙厓義凡《せんがいぎぼん》

【出典】自筆画賛「老人六歌仙」

年を取ると、くどくなるし気短になる。またすぐ愚痴になるし、出しゃばりたがる。おまけに世話を焼きたがるものです。

【閲歴】江戸後期の臨済宗の僧。寛延《かんえん》三年（一七五〇）、美濃の谷口に生まれる。十歳で清泰寺の円虚の門に入って以降、武蔵の東輝庵の禅慧らに学んで全国を行脚《あんぎゃ》して回る。四十歳で筑前《ちくぜん》博多の聖福寺の住職についた。六十二歳で退隠後もそのまま博多で過ごした。権威を嫌って本山からの紫衣の下賜《かし》を再々に渡って拒否し、一生を黒衣のまま過ごした。円通・天民・百堂・虚白などの別号を多く持っている。天保《てんぽう》八年（一八三七）十月七日、八十八歳で入滅。『仙厓和尚語録』がある。

仙厓義凡《せんがいぎぼん》と言う名は、そのこだわりのない人柄から博多の地では「博多の仙厓さん」として愛された。また禅の心を軽妙洒脱《けいみょうしゃだつ》な墨絵に描いたお坊さんとして知られている。しばしば、先の白隠禅師に準《なぞら》えられた。

この歌は中でも庶民性が強く、杖にすがったり寝そべったりする六人の老人を描いた漫画風の絵の画賛《がさん》に、「古歌の歌」*として六首並べたうちの五首

*古歌の歌―禅僧がしばしば

め。通称「老人六歌仙《ろっかせん》」と言う名で残る絵だが、六首を順に挙げてみる。

・皺《しわ》がよる黒子《ほくろ》が出来る腰まがる頭がはげる髭《ひげ》白くなる
・手は振るふ足はよろつく歯は抜ける耳は聞こえず目は疎《うと》くなる
・*身に添ふは頭巾《づきん》・襟巻《えりまき》・杖・眼鏡・湯婆《たんぽ》・温石《おんじゃく》・溲瓶《しびん》・孫の手
・聞きたがる死にとむながる淋しがる心は曲がる欲深くなる
・くどくなる気短になる愚痴になる出しゃばりたがる世話やきたがる
・又しても同じ話に子を誉《ほ》める達者自慢に人はいやがる

いちいちの解説は要しないだろう。なんとも真実を穿《うが》った見事な描写ではないか。この絶妙な観察眼の裏に、禅に習熟した義凡さんの目が生きているのは確かなことで、皮肉でありながらも暖かいユーモアに満ちている。この洞察を前にして、自分は違いますなどと言っても始まらない。

　こういう歌を見ると、義凡はいかにも庶民性に富んでいるとつい思いがちで、実際にそうなのだが、その禅機《ぜんき》には疎石や一休に近い深さがある。義凡の遺偈《ゆいげ》「*来時来処《らいじらいしょ》ヲ知リ、去時去処《きょじきょしょ》ヲ知ル。懸崖《けんがい》ニ手ヲ撒《はな》タズ、雲深クシテ処《ところ》ヲ知ラズ」がそのことを教えてくれる。人生とは崖っぷちにかろうじて捕まっているようなもので、現在の場所をよく知らないというのである。

その著に古歌を引用するのは沢庵《たくあん》の項で見た。一種のテクニックで、古歌だといってごまかしたのであろう。

*身に添ふは頭巾……「湯婆《たんぽ》」は湯たんぽ、温石は温めた石でカイロのようなもの、溲瓶《しびん》は小便を入れる器。

*来時来処ヲ知リ、去時去処ヲ知ル―夢窓疎石や一休は、無から生まれ無へ帰ることを、来た所も去る所も知らないと言ったが、無であることは分かっている。義凡はそれをあえて逆から言ったのであろう。

僧侶の和歌概観

本書には奈良時代から江戸後期に至るまでの、都合四十五名の僧侶の歌を載《の》せた。本書で取り上げた歌は、一般歌人と同じように四季や旅といった世俗の素材を歌にしたものから、仏典の経旨《きようし》を分かりやすく説いたもの、世人の迷妄《めいもう》を厳しくまたユーモラスに指摘したもの、自己の悟《さと》りの一端を比喩的に明かすものなど、かなり多彩である。強いていえば、平安時代までの前期の歌にはこの世の無常を踏まえた極楽浄土へ往生を勧める歌が多く、鎌倉時代以降になると、禅僧たちが自身が得た悟りの境地《きようち》を世俗に向かって啓蒙するという歌に変わってくる。これは天台系から禅宗へと展開した仏教史に即した変化でもあった。

本来仏教に奉仕すべき僧侶が、民間の詩文の業である和歌を詠むというのは、一般的には矛盾した行為とみてもおかしくない面がある。和歌が隆盛した平安時代には、和歌や物語のような世俗の文字の業を「狂言綺語《きぎよ》」として排斥する思想があった。『源氏物語』の作者紫式部は地獄に堕《お》ちて苦しんでいるという説が流布《るふ》したくらいだ。本文でも触れたように、源信《げんしん》や道元《どうげん》といった潔癖な覚者たちも、最初のうちは和歌を嫌っていた。しかし和歌が観念の助縁《じよえん》になることを知ってみずからも歌を詠《よ》むようになった。末法に怯《おび》えた貴族たちが「釈教歌」を詠んで仏説を歌に取り込んだことや、日本仏教が「山川草木悉皆《しつかい》浄土」といった現実肯定的な世俗的教義を育てたこと、中世になって歌道と仏道との融即《ゆうそく》を説く歌仏一如の思想が展開したことなどが複合的に影響して、僧侶と和歌の関係を近いものにさせたかと思わされる。それは五山《ごさん》の禅僧たちが「五山詩」と言われる多くの漢詩を詠《えい》じたことにも繋がっている。

人物一覧

没年年号	西暦		歴史事跡
天平勝宝元年	七四九	行基《ぎょうき》菩薩《ぼさつ》（668-749）82歳	
天平宝字四年	七六〇	波羅門《ばらもん》僧正遷那《せんな》（704-760）57歳	この頃万葉集なる
弘仁　九年	八一八	玄賓《げんぴん》僧都《そうず》（?-818）80歳すぎか 沙彌《しゃみ》満誓《まんせい》（生没年未詳）	七九四年平安遷都
弘仁十三年	八二二	伝教《でんぎょう》大師《だいし》最澄《さいちょう》（767-822）56歳	
承和　二年	八三五	弘法《こうぼう》大師《だいし》空海《くうかい》（774-835）62歳	
貞観　六年	八六四	慈覚《じかく》大師《だいし》円仁《えんにん》（794-864）71歳	
寛平　二年	八九〇	僧正遍昭《へんじょう》（816-890）75歳	
三年	八九一	智証《ちしょう》大師《だいし》円珍《えんちん》（814-891）78歳	
延喜　九年	九〇九	僧正聖宝《しょうぼう》（832-909）78歳	この前年古今集成立
天禄　三年	九七二	空也《こうや》上人（903-972）70歳	
寛和　元年	九八五	慈慧《じえ》大師《だいし》良源《りょうげん》（912-985）74歳	
長保　五年	一〇〇三	増賀《ぞうが》上人（917-1003）87歳	

寛弘	四年	一〇〇七	性空《しょうくう》上人（909–1007）	99歳	この頃道長時代
長和	五年	一〇一六	法橋《ほっきょう》奝然《ちょうねん》（938–1016）	79歳	
寛仁	元年	一〇一七	恵心《えしん》僧都《そうず》源信《げんしん》（942–1017）	76歳	往生要集なる
天永	二年	一一一一	永観《ようかん》律師《りっし》（1033–1111）	79歳	一〇八六年院政開始
天治	二年	一一二五	権僧正《ごんそうじょう》永縁《ようえん》（1048–1125）	78歳	
康治	二年	一一四三	覚鑁《かくばん》上人（1095–1143）	49歳	一一九二年鎌倉幕府成立
建仁	三年	一二〇三	文覚《もんがく》上人（1139–1203）	65歳	
建暦	二年	一二一二	法然《ほうねん》上人（1133–1212）	80歳	一二〇五年新古今集なる
健保	元年	一二一三	解脱《げだつ》上人 貞慶《じょうけい》（1155–1213）	59歳	
	三年	一二一五	栄西《えいさい》禅師《ぜんじ》（1141–1215）	75歳	
嘉禄	元年	一二二五	慈鎮《じちん》和尚《かしょう》慈円《じえん》（1155–1225）	71歳	一二二一年承久の乱
貞永	元年	一二三二	明恵《みょうえ》上人高弁《こうべん》（1173–1232）	60歳	
建長	五年	一二五三	道元《どうげん》禅師《ぜんじ》（1200–1253）	54歳	
弘長	二年	一二六二	親鸞《しんらん》上人（1173–1262）	90歳	
文永	五年	一二六八	慶政《けいせい》上人（1189–1268）	80歳	
弘安	五年	一二八二	日蓮《にちれん》上人（1222–1282）	61歳	弘安四年蒙古軍襲来

正応	二年	一二八九	一遍《いっぺん》上人（1239-1289）51歳		
正和	元年	一三一二	無住《むじゅう》法師（1226-1312）87歳		
文保	三年	一三一九	他《た》阿上人真教《あしょうにんしんきょう》（1237-1319）83歳		
延元二・建武四年		一三三七	大灯《だいとう》国師妙超《みょうちょう》（1282-1337）56歳		
観応	二年	一三五一	夢窓疎石《むそうそせき》（1275-1351）77歳		一三三八年足利幕府
享徳	四年	一四五五	権大僧都《ごんだいそうず》堯孝《ぎょうこう》（1391-1455）65歳		
文明十三年		一四八一	一休《いっきゅう》和尚（1394-1481）88歳		
明応	八年	一四九九	蓮如《れんにょ》上人兼寿《けんじゅ》（1415-1499）85歳		戦国時代
永正	二年	一五〇五	玄虎蔵主《げんこぞうしゅ》（1428-1505）78歳		
天正	十年	一五八二	快川《かいせん》和尚紹喜《じょうき》（?・-1582）50歳頃か		この頃本能寺の変
寛永二十年		一六四三	天海《てんかい》僧正（1536-1643）108歳か		一六〇五年江戸幕府
正保	二年	一六四五	沢庵禅師《たくあんぜんじ》（1573-1645）73歳		
寛文	八年	一六六八	元政《げんせい》上人（1623-1668）46歳		
天和	二年	一六八二	鉄眼禅師《てつがんぜんじ》（1630-1682）53歳		
明和	五年	一七六八	白隠《はくいん》和尚慧鶴《おしょうえかく》（1685-1768）84歳		
天保	八年	一八三七	仙厓義凡《せんがいぎぼん》（1750-1837）88歳		一八五三年黒船来航

解説　「僧侶の和歌の種類とその特徴」——小池一行

仏教の二大系列

きわめて大雑把であるが、本書の僧侶の歌を理解する補助として、日本における仏教界の二分野について概観しておこう。

仏法東漸《とうぜん》という言葉がある。釈迦が開いた仏教は、発祥の地インドからヒマラヤ山脈を越え中国北方へ入り、中国大陸を東へ進んで朝鮮半島へ、さらに海を越えて東の果て日本まで伝わった。その東漸の過程で、個人の自力救済を希求する小乗《しょうじょう》の仏教から、すべての人の救済を悲願とする大乗《だいじょう》の仏教に大きく変質したことはよく知られている。現在でもミャンマーやカンボジアでは小乗の修行が行われているが、中国や日本では、道教や儒教、あるいは日本の神道といった土着の思想との葛藤や融合、あるいは亜熱帯的風土との妥協を通じて、大乗の思想がより適合したものとして受け入れるようになった。

この大乗の系列の仏教としては、まず民間の勧進を推進した行基《ぎょうき》らの活動があったが、平安時代初期、最澄《さいちょう》によって国家宗教的な地位を獲得した天台宗が登場し、法華経を核とする一乗信仰を弘めて貴族界を風靡した。今でも全国に散在する天台宗寺院はこの系譜上にある寺々であり、生活上の宗教的儀礼を担って生きている。また、空海《くうかい》が招来した真言密教の加持祈禱を目的とする実践仏法が、これと帯同して最初は貴族界に、ついで民間の中へ広く滲透していった。現在でも行われているまじないとか呪法を中心とする系統である。さらに平安中期以降は、天台の中から、民衆の済度《さいど》に目を向けた空也《こうや》や良源、源信らの浄土信仰が急速に胎動し、この系列の上に、法然、親鸞《しんらん》、一遍《いっぺん》らが出て、阿弥陀《あみだ》信仰を核とする「一念救済・他力本願」の易行道《いぎょうどう》を展開、中世には念仏宗や一向宗、時宗《じしゅう》などの民衆仏教が勢力を拡大する。日蓮《にちれん》の法華宗も天台の流れのうちにあるものだった。「南無阿弥陀仏」や「南無妙法蓮花経」といった名号を唱えるようになったのは、この易行道の影響である。

　こうした旧天台系の大乗仏教と対立する鎌倉新仏教として躍り出たのが、新たに中国から招来された禅の思想であった。禅は、仏典に記載された経文類よりも、教外別伝とか只管《しかん》打《た》坐《ざ》、以心伝心といった言葉が示すように、師から弟子へと相承される個々人の心的悟りを重視したため、死と隣り合わせに生きている武士層が、実践的な生きた哲学としてこれを積極的に受け入れ、中世以降の仏教界の一大勢力に拡大した。京都や鎌倉五山に拠った臨済禅や、永平寺を根本道場とする曹洞《そうとう》禅の二大流派がそれであり、前記した天台や浄土宗系の僧侶とはひと味違う多くの僧を生んだ。

　本書で取り上げた四十五名の僧侶は、南都六宗の衣鉢《えはつ》を継ぐ一部の僧侶をのぞけば、大体が右でみた天台系と禅宗系二つの大きな流れに属するということができるだろう。

僧侶たちの分布

　やや煩瑣になるが、その四十五名の僧侶の所属宗派の内訳を示してみよう。

南都六宗―三論・法相・華厳・律・成実・倶舎の各宗派。

本書の最初に取り上げた、聖武天皇の大仏建立事業に関わった奈良時代僧行基と、佯狂《ようきょう》の先達として後の増賀《ぞうが》に影響を与えた玄賓《げんぴん》は法相宗。菩提遷那《ぼだいせんな》はインドのバラモン僧、また沙弥満誓《まんせい》も奈良時代僧であるが、出自ははっきりしない。

次の伝教大師最澄から平安時代に入る。念仏聖として生きた空也《こうや》を別として、最澄・智証大師円珍・僧正遍昭・慈慧大師良源・増賀・源信・性空《しょうくう》・法然・慈円らはいずれも天台の法統を継ぐ名僧たち。聖宝・奝然《ちょうねん》、永観《ようかん》・永縁、貞慶らは三論・法相・律宗等に属する南都宗派の出身である。また覚鑁《かくばん》と文覚《もんがく》は真言僧である。

臨済宗の祖栄西《えいさい》から鎌倉時代に入る。以降江戸時代までを通観すると、華厳《けごん》宗の明恵、真言宗の堯孝、天台宗の天海らが旧仏教側の僧。鉄眼は江戸時代に新しく伝来した黄檗《おうばく》僧、新興の禅宗では、無住・妙超・夢窓疎石《そせき》・一休・快川紹喜《かいせんじょうき》・沢庵・白隠・仙厓らと臨済僧が多い。曹洞宗には、始祖の道元と玄虎《げんこ》がいる。新仏教の系列では、真宗の親鸞・兼寿。時宗の一遍・他阿上人真教。法華宗の日蓮と深草の元政《げんせい》上人というところ。

こうみてくると、たまたまにすぎないが、やはり前述した二大潮流の天台系と禅宗系（特に臨済）の僧がおのずから多いというのは首肯されていい結果なのかもしれない。もちろん実際問題としては、歌など一切詠まなかったであろう僧がこのほか無数にいたはずである。がその一方で、和歌という詩が有する力が決して専門歌人ではない僧たちの関心を引き寄せたことは確かであった。

僧侶の立場と和歌

かつて仏教が優勢であった時代には、人間としての生き方に二種類があった。この俗世の縁や絆《ほだし》を断って出家し、仏法に則って生きる僧徒としての生き方と、王法や世俗法に従って俗世での生を送る生き方である。といって、仏の道に仕えることが救済に繋がるのは分かっていても、民衆の誰でもが仏徒の道を選ぶことが簡単にできるはずもなかった。人は出家者を敬い、遠くからその姿を拝み、自分にできる範囲で布施を施すことはできても、その聖なる側には容易に移行するわけにはいかない。僧は選ばれた存在であり、ホープであった。

一方、出家した僧の側でも、俗世に留まっている民衆をよそ目に、自分だけの救済の道に安住するわけにはいかない。彼らは、民衆を済度《さいど》するという大きな使命も背負っていた。寺院を出て種々の勧進行為を通して奉仕したり講座で説法することも一つであろうが、いずれにせよ修行によって獲得した智恵とその心を、民衆に還元することも義務であった。その時見出された一つが和歌という手段であった。

言葉は、人間が発明したコミュニケーションとしてもっとも日常的な手段であった。和歌は僧徒にとっても、仏教に関する知見を民衆に伝える有力なツール、仏教語でいえば「方便《ほうべん》」としての価値を新たに見出されたのだ。そもそも仏典自体が言葉によって綴られたものであったことを忘れるわけにいかない。仏典が伝えるその真言と似た影響力を持つものとして、和歌本来が持つ詩としての潜在的な力に目が向けられたといってもよい。

平安時代前期までの僧たちは、最澄にしろ円珍・良源・聖宝にしろ、比較的平気に和歌を詠んだ。六歌仙の遍昭などはむしろ歌人としての盛名の方が高かったくらいだ。おそらく古代からの日本の風俗として和歌を詠むことは当たり前でもあったのであろう。しかし概観で述べたように、仏徒にとって和歌は必ずしも必須の教養ではなかった。むしろ、五戒のうちの妄語戒に抵触するものとして邪魔な存在とみられるようになった。『往生要集』を書いた源信や『正法眼蔵』を書いた道元も最初のうちは、和歌を嫌ったことは本文で触れたが、源信はある時、満誓の「世の中を何にたとへん朝ぼらけ漕ぎ行く舟の跡の白波」という歌を聞いて、「観念の助縁」としての和歌の価値を認めるようになったという。道元にとっても同じようなことであったのだろう。

和歌は一時、「狂言綺語」としてその価値が否定されたこともあったが、やがて西行は「心を澄まし悪念なきもの」として和歌の効用を積極的に説き（西行上人談抄）、俊成もまた『天台止観』が説く空・仮・中の三諦の真理に通うものとして和歌の道を肯定する論理を獲得する（古来風体抄）。いわゆる歌仏一如観といわれるものであるが、鎌倉中期の無住《むじゅう》に到っては、和歌は梵語である真言の「陀羅尼《だらに》」と同じとして「和歌陀羅尼観」を主唱するまでになった。また、以心伝心の教義をモットーとする禅僧が、鎌倉・室町の時代に大量の「五山詩」を作り出したことがそうした言葉への意識を代表するだろう。

僧の歌のパターン

本文で取り上げた四十五人四十九首の和歌について、その特徴をざっと分類化してみよう。学問的に整序されたものではないが、横目で眺めるぐらいの整理にはなろうかと思う。

僧侶の歌だからといって、その詠い方やスタイルに一目で僧侶の歌だなと分かる目印があるわけではない。しかし強いてその特徴をあげるとすれば、「歌の病《やまい》」などといった約束事を一向に気にしないということだろうか。

・夢のうちに夢も現《うつつ》も夢なれば覚めなば夢も現とを知れ（覚鑁《かくばん》）

・跳《は》ねば跳ねよ踊れば踊れ春駒の法《のり》の道をば知る人ぞ知る（一遍）
・思はじと思ふも物を思ふなり思はじとだに思はじや君（沢庵）
・若い衆《しゅ》や死ぬがいやなら今死にやひとたび死ねばもう死なぬぞや（白隠）

こういった同一語を一首の中に何回も繰り返すというようなことは、専門歌人の間では余程のことがない限りありえないことだった。要するに僧侶の歌は自由で破格であっても差し支えなかった。人の耳に分かりやすく届くためには、こういう謎々めいた語呂合わせのリズム感が最適であったと思われる。

・春は花夏ほととぎす秋は月冬雪冴えて冷《すず》しかりけり（道元）
・気は長く勤めは固く色うすく食《しょく》細うして心広かれ（天海）
・くどくなる気短になる愚痴になる出しゃばりたがる世話やきたがる（義凡）

これらの歌も、同一の語句こそないが、類語に近い句をたたみ重ねて一首に仕立てるという点では、右の例と似たようなものであろう。

漢語や仏教語や俗語の類を平気で導入するというのもその範疇に入る。この例は仏徒として当たり前と言えば当たり前だが、とにかく多い。

・霊山《りようせん》の釈迦の御前《おまえ》に契りてし真如《しんによ》朽ちせずあひ見つるかな（行基）
・阿耨多羅三藐三菩提《あのくたらさんみやくさんぼだい》の仏たちわが立つ杣《そま》に冥加《みやうが》あらせ給へ（最澄）
・一度も南無阿弥陀仏といふ人の蓮《はちす》の上に上《のぼ》らぬはなし（空也）
・世の中に地頭《じとう》・盗人《ぬすびと》なかりせば人の心はのどけからまし（文覚）
・人間《にんかん》に住みし程こそ浄土なれ悟りてみれば方角もなし（親鸞）

・聞くやいかに妻恋ふ鹿の声までも皆《かい》与《よ》実《じっ》相《そう》不《ふ》相《そう》違《い》背《はい》と（無住）
・三十《みそ》あまり我も狐の穴に住む今化かされる人も理《ことわり》（妙超）
・釈迦といふ悪戯者《いたづらもの》が世に出でて多くの人を惑はするかな（一休）
・釈迦阿弥陀《あみだ》地蔵薬師《ぢざうやくし》と名はあれど同じ心の仏なりけり（鉄眼）

いうまでもなくこれは、仏に仕える者が世俗の掟に縛られることなく、自己の得た悟りや感懐を外に向かって説く歌だからである。技巧的な飾りは必要でなかった。いわば、伝統的な貴族的な和歌ではほとんど詠まれることがない、広い意味の「述志」の歌に属する。

したがって、一見、自然詠のように思われる歌でも、そのテーマやモチーフには宗教的な意味合いが潜められているものが多い。一首全体が宗教的世界の暗喩になっている類であり、どこかおごそかな雰囲気を湛えている。

・雲しきて降る春雨は分かねども秋の垣根はおのが色々（円仁）
・蓮葉《はちすば》の濁りに染《し》まぬ心もて何かは露を玉とあざむく（遍昭）
・月影の到らぬ里はなけれども眺むる人の心にぞすむ（法然）
・いにしへは踏み見しかども白雪の深き道こそ跡も覚えぬ（貞慶）
・山の端のほのめく宵の月影に光もうすく飛ぶ蛍かな（道元）
・おのづから横しまに降る雨はあらじ風こそ夜の窓を打ちけれ（日蓮）
・長閑《のどか》なる水には色もなきものを風の姿や波と見ゆらむ（真教）
・聞かせばや信田《しのだ》の森の古寺の小夜ふけ方の雪の響きを（白隠）

この系列の歌は、近世期になって沢山作られた「道歌」の原型とみることができようか。

残りのパターンは、いうまでもなく、吾々非出家者には経験できない僧としての特有の体験や行動の由来、あるいは仏説に基づく主張などをそれぞれに語った歌々である。貴くもあり説教がましくもあり、なるほどそうですかと頷かざるを得ない内容の歌であるが、世俗の垢にまみれた我々がそう感じるのは致し方のないことであろうか。

・三輪川の清き流れに濯《すす》ぎして衣《ころも》の袖をまたは汚《けが》さじ（玄賓）
・いかにせむ身を浮舟の荷を重み終《つい》の泊りやいづくなるらん（増賀）
・夢のうちに別れて後《のち》は永き夜の眠《ねぶ》りさめてぞ又はあふべき（性空）
・夜もすがら仏の道を求むればわが心にぞ尋ね入りぬる（源信）
・遺跡《ゆいせき》を洗える水も入る海の石と思へば睦まじきかな（明恵）
・唱《とな》ふれば仏も我もなかりけり南無阿弥陀仏南無阿弥陀仏（一遍）
・極楽に行かんと思ふ心こそ地獄に堕《お》つる初めなりけり（疎石）
・仏法と世法は人の身と心ひとつ欠けても立たぬものなり（沢庵）
・思へただ主もなき大空の中には浊るる海山もなし（元政）

なお付言すれば、本書には、四季や恋、あるいは旅をうたった僧侶の歌で勅撰集に載った歌であっても、僧侶の歌として面白さがないものは採らなかった。そういう歌はいくらでもあるが、それらについては『新編国歌大観』などで検索せられたい。

また本書巻末には、通常の付録エッセイに代わって、「道歌」として人々の間に流布した名僧の歌を四十四首、江戸時代末期の『道家百人一首』からピックアップして載せた。合わせて参照していただければ幸いである。

読書案内

＊僧侶の歌を特集した、あるいは網羅した歌は「釈教歌全集」といったものの他に聞かないので、ここでは本書で取り上げた僧について記した名僧解説の類をいくつか紹介する。

日本歴史学会監修『人物叢書』（新装版）　吉川弘文館　一九五八年以降
行基（井上薫）・最澄（田村晃祐）・円仁（佐伯有清）・円珍（佐伯有清）・空也（堀一郎）・聖宝（佐伯有清）・良源（平林盛得）・源信（速水侑）・法然（田村円澄）・栄西（多賀宗隼）・慈円（多賀宗隼）・明恵（田仲久夫）・道元（竹内道雄）・親鸞（赤松俊秀）・日蓮（大野達之助）・一遍（大橋俊雄）・蓮如（笠原一男）

『ミネルヴァ日本評伝選』　ミネルヴァ書房　二〇〇三年以降
本書で扱った僧では、日蓮（佐藤弘夫）、源信（小原仁）・宗峰妙超（竹貫元勝）・空也（石井義長）がある。

○

『名僧列伝』四巻　紀野一義　講談社学術文庫　一九九八―二〇〇一
本書の対象では、明恵・道元・夢窓・一休・沢庵・白隠・源信・親鸞・日蓮・一遍・蓮如・元政の十二人を収める。

『日本奇僧伝』　宮本啓一　ちくま学芸文庫　一九九八

異能の人・反骨の人・隠逸の人の項目で三十五名の僧を、エピソード中心に分かりやすく解説。本書で扱った僧では、行基・玄賓・性空・増賀・空也を収める。

○

『日本人のこころの言葉』創元社　二〇一一

本書の僧では一休（西村恵信）・空海（村上保寿）・法然（藤本浄彦）・道元（大谷哲夫）・日蓮（中尾堯）・親鸞（田中教照）の六人を収める。

○

『親鸞』上下　五木寛之　講談社　二〇一〇　講談社文庫にも。

『蓮如』五木寛之　岩波新書　一九九四　中公文庫にも。

『一休』上下　水上勉　中央公論社　一九七五　中公文庫にも。

『一休文芸私抄』水上勉　朝日出版社　一九八七

『沢庵』水上勉　学習研究社　一九八六　中公文庫にも。

『天海』堀和久　人物文庫　学陽書房　一九九八

小説家や評論家による伝記評論の類。親しく読める点に特色がある。

○

『道元の和歌』松本章男　中公新書　二〇〇五

道元の歌を収集した歌集『傘松道詠《さんしょうどうえい》』から四十九首の歌を解説したもの。

#【付録】

＊通常の付録エッセイに代えて、番外編として江戸末期に刊行された紀賤丸撰の『道家百人一首』から、聖徳太子や天皇・武将らの歌や、すでに本書で取り上げた僧を除き、他の僧侶の歌四十四首を併載する。

・安養尼《あんように》（九五三―一〇三四）恵心僧都源信の妹願西尼。当麻の安養寺に住む。天台宗。

出る息の入《い》る息待たぬ世の中をのどかに君は思ひけるかな

（出る息と入る息をおとなしくこの世は待ってくれません。それなのにあなたはのんびりとこの世を思っているのですか。）

・西行法師（一一一八―一一九〇）鳥羽院北面の武士佐藤義清《のりきよ》。二十三歳で出家。家集に『山家集』他がある。真言宗。

世を捨つる捨つるわが身は捨つるかは捨てぬ人こそ捨つるなりけり

（出家のため世を捨てるという捨てるこの身は、本当に捨てるのではありません。この世を捨てずにいる人こそ、大切なものを捨てているのです。）

・隆寛律師《りゆうかんりつし》（一一四八―一二二七）京都長楽寺住。源空（法然）に師事。浄土宗。

定かにもなき世の夢を悟らずは闇《やみ》の現《うつつ》になほや迷はむ

（この無常の世は一睡の夢のごときもの。その夢を夢と悟らないで、闇の現実の中でさらに迷い続けることでしょうよ。）

・聖光上人《しようこうしようにん》（一一六二―一二三八）浄土宗。鎮西流祖。弁長。源空の教えを継承。

悟る道迷ふ街《ちまた》も別れても己《おの》が心の外にやはある

（悟りを求める道、迷妄に迷うこの世の道とそれぞれ道は別れても、それは自分の心の外にある道だと思ってはならない。どちらも心の内部に常にある岐路だと心得よ。）

・善慧《ぜんえ》上人（一一七七―一二四七）浄土宗。西山流祖。源空に入門。証空。

山賤《やまがつ》の白木《しらき》の合子《ごうし》そのままに漆《うるし》つけねば剝《は》げ色もなし

（人間の顔なんて山がつが作る白木のままの小箱のようなもの。漆を塗って表面を飾らなければ、剝げて色を褪せらすようなこともない。）

・法灯国師（一二〇七―一二九八）円明覚心。臨済宗。和歌山県由良に興国寺を開き、法灯派を起こした。

おのづから心も澄まず身も澄まず萱《かや》が下葉《したば》の露の月影

（あるがまま、萱の下葉にひっそりと置いた露が月光に照らされている。その露のように、意識などしなくても心も身も澄まなくてもそこに自然にあることこそが本来だ。）

・円空《えんくう》上人（一二一三―一二八四）浄土宗。深草派の祖。立信。円空仏を刻んだ江戸初期の臨済宗の円空とは別人。

身を重く人こそげには無かりけり憂かるべき世の後《のち》を知らねば

（この憂く辛い現世の後に極楽浄土が存在するということを知らなければ、人の身はいつも重く、人間といえる者はまさにいないも同然であるよ。）

・大覚《だいがく》禅師（一二一三―一二七八）蘭渓道隆。臨済宗の渡来僧、大覚派の祖。

苦《く》をも見ず楽《らく》をも知らぬその時は善悪ともに及ばざりけり

（苦や楽といった肉体的な反応を超越したそのときこそ、善悪といった理非の判断も追い付かぬ絶対の境地に達するといえるであろう。）

・法心《ほうしん》上人（生没年不詳）性才法心。臨済宗。松島円福寺（瑞巌寺）開山。

足なくて雲の走るも奇《あや》しきに何を踏まへて霞《かすみ》立つらん
（脚が無くても雲は走るではないか。それが自然の奇《く》しき神秘というもの。霞は立つというが、霞は何の上に立つのか。そんな理由など、この世界にあっては無用のことだ。）

・公朝僧正《こうちょう》（未詳—一二九六）天台宗。園城寺僧。鎌倉歌壇で活躍する。

偽《いつわ》りも真《まこと》もともになかりけり迷ひし程の心にぞ湧く
（偽りも真実とかは、両方とも最初からこの世にあるものではない。どちらも人間の迷う心から湧き出すあやかしであって、そんなものに囚われてはいけない。）

・仏国《ぶっこく》国師（一二四一—一三一六）高峰顕日。臨済宗。建長寺十七世。

雲晴れて後《のち》の光と思ふなよもとより空に有明の月
（雲が晴れてその後に月の光が現れるなどと思うなよ。宇宙にはもともと雲があっても無くても、有明の月は最初からそこに実在するのだ。）

・如大禅尼《にょだいぜんに》（一二四二—一二九八）臨済宗の尼僧。俗名千代野。最愛寺開基。

千代野男《ちよのを》が頂《いただ》く桶の底抜けて水溜まらねば月も宿らず
（野原を行く男が頭に載せて運ぶ底が抜けた桶には、水が溜まらないから月が宿ることはない。そのように肝心の心が抜けた身には、仏の教えが宿ることはないのだ。）

・向阿《こうあ》上人（一二六三—一三四五）浄土宗。証賢、浄華房。

思ひ立つ衣《ころも》の色は薄くとも帰らじものよ墨染《すみぞめ》の袖
（たとえ仏の道に従おうと思った最初の心が未熟なものであっても、一旦墨染めの衣を着た以上、決して戻る気を起こしてはなるまいよ。）

・仏徳《ぶっとく》禅師（一二八二—一三三二）元翁本元。臨済宗。仏国禅師の法嗣。

いづれをか我とは言はむ仮《かり》にただ土水《つちみず》火風《ひかぜ》合はせたる身を
（いったい何をもって自分の本体といおうか。この身はただ仮に土水火風の四大《しだい》の元素をこねくり合わせて出来たものに過ぎないのだから。）

・寂室和尚《じゃくしつ》（一二九〇―一三六七）寂室元光。臨済宗。入元僧。永源寺開祖。
欲《よく》深き人の心と降る雪は積もるにつけて道を忘るる
（積もるにつれてどんどん深くなるのは、欲深き人の心と、降る雪の二つである。欲は仏道を見失い、雪は進むべき道を見失わせる。）

・愚中《ぐちゅう》禅師（一三二三―一四〇九）愚中周及。臨済宗。疎石に入門。備後仏通寺開山。
何事も身の報《むく》ひぞと思はずは人をも世をも怨み果てまし
（何事もわが身の心から出た報いだと悟らないかぎり、人や世を怨んで終わり、悟りの道に達することはない。）

・無文《むもん》禅師（一三二三―一三九〇）無文元選。臨済宗。後醍醐天皇の皇子。方広寺開祖。
すべらきの山賤《やまがつ》になる教へこそ仏《ほとけ》に仕ふ法《のり》の道なれ
（あの最高至尊の天皇でさえ、本質は山賤と同じだと説く教えこそ究極の真理である。その真理を信じる道こそ、仏に仕える本道とすべきであろう。）

・月庵禅師（一三二六―一三八九）臨済宗。月庵宗光。
枯果《かれはて》てしかも花咲く梅が枝に声をもたてず鶯の鳴く
（枯れはててもなお梅の花は花を咲かせる。その梅が枝に鶯が声を立てずに鳴いているのもその梅の心と同じであろう。）

・宥快《ゆうかい》僧都（一三四五―一四一六）真言宗。

跳《は》ねば跳ね踊らば踊れ春駒《はるこま》の法《のり》の心は知る人ぞ知る

（跳ねるなら跳ねよ踊るなら徹底的に踊れ。春の馬のような荒れた心であっても、自然のままに生きるその動きは、知る人なら知る仏の教えの中にあるのだ。）＊この歌は「一遍聖絵」には一遍の歌として載る。「道家百人一首」の誤伝であろう。

・隆堯《りゅうぎょう》上人（一三六九―一四四九）浄土宗。

神も見よ仏《ほとけ》も照らせわが心後《のち》の世ならで願ふ日もなし

（神も仏も私の心を見そなわして行く先を照らしてほしい。私には後世の極楽往生をひたすら願う日々以外にはないのだから。）

・正徹《しょうてつ》書記（一三八一―一四五九）東福寺の書記を務め、和歌に精進して定家流を標榜した。

白露《しらつゆ》のおのが姿をそのままに紅葉に置けば紅《くれない》の玉

（白露は本来色がない透明なもの。自分の姿をそのままに反映して、紅葉におけば紅の玉になろうし、他の花におけばおのずから別の色に変じるであろう。）

・真阿《しんあ》上人（一三八五―一四四〇）浄土宗。後亀山天皇の皇子。

慈悲《じひ》の眼に憎しと思ふ人はなし科《とが》ある身こそなほ哀れなれ

（慈悲の心を帯した人の目には、憎いと思う人はいない。慈悲を忘れ、科ある人の心にこそ人に対するさまざまな憎しみが生まれるのだ。）

・音誉《おんよ》上人（一四一四―一四七九）浄土宗。聖観、定蓮社。芝増上寺三世。

火宅《かたく》にはまたもや出でむ小車《おぐるま》に乗りえて見ればわがあらばこそ

（苦の世界であるこの世の火宅からふたたび逃れる道もあろう。たとえ小乗の小車であっても、一旦乗り合わせた以上は、自分という身があればこその話なのだから。）

・称念《しようねん》上人（一五一三―一五五四）浄土宗。捨世流の祖。

立ち返りふたたび物を思ふなよいつの別れか憂《う》からざるべき

（ひとたび発心《ほつしん》したならば二度ともとの世界に戻ろうとは思うなよ。この世のどんな別れだって辛くない別れなんてないのだ。）

・以八《いはち》上人（一五三二―一六一四）浄土宗。存以。袋中良定の実兄。

鳥といへば鳥にもあらぬ蝙蝠《こうもり》のあたひ空しき墨衣《すみごろも》かな

（僧が着る墨染めの黒い衣は、鳥といえば鳥でもないあの蝙蝠と同じようなもの。折角の墨染めの衣を着ていても、それに値しないのはなんと情けないことだ。）

・興山《こうざん》上人（一五三七―一六〇八）真言宗。応其、木食上人。

もしや世に岩根《いわね》の小松年経《としふ》とも待ちみん程は木枯らしの風

（仮にこの世に岩根の小松が何年も年を経て大きく成長するにしても、成長するまでの間はずっと、冷たい木枯らしの風に当たり続けて逞しくなるのだと心得よ。）

・袋中《たいちゆう》和尚（一五五二―一六三九）浄土宗。良定。弁蓮社。

井の端《はた》に遊ぶ子よりも危《あぶ》なきは後生《ごしよう》願はぬ人の身の上

（井戸の脇で遊んでいる子供は危険だ。しかしそれよりももっと危ないのは、後生を願わないで過ごす人の身の上である。）

・鈴木正三《しようさん》（一五七九―一六五五）臨済・曹洞宗。

釈迦・阿弥陀嘘つけばこそ仏なり真《まこと》を言はば凡夫《ぼんぷ》なるべし

（釈迦も阿弥陀も、宇宙の真理について壮大な嘘を語ったが、だからこそ仏と言えるのだ。我々でも知っているそこいらの真実を語るのだったら、我々と同じ凡夫同然だ。）

・雲居《うんご》国師（一五八二―一六五九）臨済宗。希膺、松島瑞巖寺中興。

何事も今日の歓楽《かんらく》過ぎぬれば必ず明日《あす》の苦患《くげん》とぞなる

（人は何であれ目先のことに囚われて、今日の歓楽に時を忘れるが、一旦歓楽が過ぎれば、明日からは必ず苦しみとなることを知れ。）

・無難《むなん》禅師（一六〇三―一六七六）臨済宗。至道無難。

耳に見て目に聞くならば疑はじ命なりけり軒《のき》の玉水

（人の命は軒の玉水のようなもの。一瞬に落下して消えてしまう。しかしそれが命というものなのだ。実際に自分の耳でその音を聞き、目で見て確認すれば、納得しないわけにいくまい。）

・梅天《ばいてん》禅師（一六〇七―一六七六）臨済宗。梅天無明。

稲妻《いなずま》の影に先立つ身を知れば今見る我に会ふこともなし

（稲妻の一瞬の閃光にわが身が浮かび上がる。その閃光よりもはかない無常のわが身を知っておれば、今浮かび上がった哀れな自分を見ることもなかったであろうに。）

・一糸《いっし》国師（一六〇八―一六四六）臨済宗。一糸文守。

得道《とくどう》はありけるものを隣《となり》なら親仁《おやじ》が提《さ》げし火打袋《ひうちぶくろ》に

（悟道に到る真理はどこにでもある。身近な例なら、たとえば隣の親仁が腰にぶらさげている火打袋のようなもの。中には火を打ち出す大事な石が隠されている。）

・盤珪《ばんけい》国師（一六二二―一六九三）臨済宗。盤珪永琢《ようたく》。

差し向かふ心ぞ清き水鏡《みずかがみ》色づきもせず垢《あか》付きもせず

（我々がのぞき込むこの水鏡のような静謐な心こそ真理そのものだ。我々に対しても、水面は色づくこともなく垢がついたりもしないでそこに実在する。）

・拙堂《せつどう》和尚（一六三一―一七〇四）臨済宗。拙堂宗清。大徳寺二三〇世。

すべきこと片づける気は善所《ぜんりよ》なりせずに置く気はいつも苦しむ

（なすべきことをさっさと行うのが仏のいる善処への近道。それをなしもせず放ったらかしておこうとすると、結局いつも苦しむものよ。）

・妙立《みようりゆう》和尚（一六三七―一六九〇）天台宗の学僧。

身に疎《うと》き杖だに身をば助けけり心はもとの心忘るな

（この身体とは別のあの杖でさえ身体の助けとなる。しかし心には杖と頼むものもない。心は、仏が立てた本の心を忘れずにいることが唯一の頼りなのだ。）

・仏頂和尚（一六四二―一七一六）臨済宗。河南、芭蕉参禅の師。

縦横《たてよこ》の五尺に足らぬ草の庵《いお》結ぶもつらし雨なかりせば

（この世に雨というものがなかったなら、縦横五尺にも足らぬ草の庵を結ぶことさえ辛く感じることだろう。雨があるからこそ、庵を結ぶ労苦も厭わないのだ。）

・天桂《てんけい》和尚（一六四八―一七三五）曹洞宗。天柱伝尊。学僧。正法眼蔵の研究や禅宗典籍の刊行に尽力。

仏とは誰《た》が結びしか白糸《しらいと》の賤《しず》のをだ巻繰り返し見よ

（仏との縁《えにし》の糸を一体誰が結んだのか分からぬが、それでも白糸をたぐるあの賤の苧環《おだまき》のように、目に見えぬその糸を繰り返し繰り返し手繰らなければなりませんぞ。）

・法源《ほうげん》禅師（一六五一―一七三〇）黄檗宗。法眼（源）道印。後水尾天皇の皇子。

捨つる名もまた呼ばれんと思ふぞよ三世《みよ》の仏《ほとけ》のその後《のち》の世に

（出家して捨てた懐かしい俗名で、ふたたび呼ばれたいと思う。過去・現在・未来の三世に渡る永い世を経て、弥勒菩薩が出世したその後の世こそ、出家して道を説かなくてもいい時代が来る。）

・古月《こげつ》禅師（一六六七―一七五一）臨済宗。古月禅材。筑後の福聚寺を開創。

一時《ひととき》も徒《あだ》にはなさじさりとては会ひ難《がた》き身の暮れやすき日を

（この日を一時も無駄にはすまいと思う。といって仏にはどうしても会いがたいこの身だが、それでも一日の暮れるのはあっという間だ。）

・売茶翁月海《まいさおうげっかい》（一六七五―一七六三）黄檗宗。月海元昭。煎茶道の祖。

笛ふかず太鼓たたかず獅子舞《ししまい》の後足《あとあし》になる胸の安さよ

（獅子舞踊りでは獅子の後足の役になるのが、一番安心できるというもの。笛も吹かず太鼓も叩かずにすみ、皆の視線から隠れていられるのだから。）

・涌蓮《ゆれん》法師（未詳―一七七四）真宗。慧亮《えりょう》。高田派の僧。冷泉為村に和歌を学ぶ。

野辺みれば知らぬ煙《けぶり》の今日も立つ翌日《あす》の薪《たきぎ》や誰《た》が身なるらん

（野辺を見やると見知らぬ人の火葬の煙が今日も立ち昇っている。この無常の世の中、明日また火葬の薪を燃やすのは、誰の身であろうか。）

・無能《むのう》和尚（一六八三―一七一九）浄土宗。学運。興蓮社、良崇。

中々《なかなか》に身を思はねば身ぞ安し身を思ふにぞ身は苦しけれ

（なまじっかわが身のことを気遣うとかえって身を苦しめる因《もと》になる。ひたすら仏に縋ってわが身を思わないことがもっとも心平穏なのである。）

・諦忍《たいにん》律師（一七〇五―一七八六）真言宗。学僧。妙竜、空華。

朝夕の口より出づる仏《ほとけ》をば知らで過ぎにし人ぞ悲しき

（朝夕の口から吐く息に乗って大事な仏様は胎内から抜け出ていってしまう。そのことにも気づかずにいたずらに日を送る人間のなんと悲しいことよ。）

・沢水《たくすい》禅師　（未詳―一七四〇）臨済宗。沢水長茂。晩年甲斐の恵林寺に入る。

何事もいふべきことはなかりけり問はで答ふる松風の音

（言葉に出してわざわざ訊ねることは何もない。訊ねなくても、あの峰を吹く松風はちゃんとありのままの自然の摂理を答えているではないか。言葉に囚われてはならぬ。）

小池一行（こいけ・かずゆき）
＊1942年東京都生。
＊日本大学文理学部国文学科卒業。元宮内庁書陵部図書調査官。
＊現在　日本大学文理学部非常勤講師。
＊主要著書
『千載和歌集の基礎的研究』（笠間書院・共著）
『五十音引 僧綱補任 僧歴綜覧』（笠間書院・共編）

僧侶《そうりょ》の歌《うた》　　コレクション日本歌人選　059

2012年8月30日　初版第1刷発行
2018年10月5日　再版第1刷発行

著　者　小池一行
監　修　和歌文学会

装　幀　芦澤泰偉
発行者　池田圭子
発行所　有限会社　笠間書院
東京都千代田区神田猿楽町2-2-3［〒101-0064］
電話　03-3295-1331　FAX　03-3294-0996
NDC分類 911.08

ISBN978-4-305-70659-1 印刷／製本：シナノ
乱丁・落丁本はお取り替えいたします。　（本文用紙：中性紙使用）
出版目録は上記住所または info@kasamashoin.co.jp まで。

コレクション日本歌人選　第Ⅰ期～第Ⅲ期

第Ⅰ期　20冊　2011年（平23）2月配本開始

1	柿本人麻呂＊	かきのもとのひとまろ	高松寿夫
2	山上憶良＊	やまのうえのおくら	辰巳正明
3	小野小町＊	おののこまち	大塚英子
4	在原業平＊	ありわらのなりひら	中野方子
5	紀貫之＊	きのつらゆき	田中登
6	和泉式部＊	いずみしきぶ	高木和子
7	清少納言＊	せいしょうなごん	坏美奈子
8	源氏物語の和歌＊	げんじものがたりのわか	高野晴代
9	相模＊	さがみ	武田早苗
10	式子内親王＊	しょくしないしんのう（しきしないしんのう）	平井啓子
11	藤原定家＊	ふじわらていか（さだいえ）	村尾誠一
12	伏見院＊	ふしみいん	阿尾あすか
13	兼好法師＊	けんこうほうし	丸山陽子
14	戦国武将の歌＊		綿抜豊昭
15	良寛＊	りょうかん	佐々木隆
16	香川景樹＊	かがわかげき	岡本聡
17	北原白秋＊	きたはらはくしゅう	國生雅子
18	斎藤茂吉＊	さいとうもきち	小倉真理子
19	塚本邦雄＊	つかもとくにお	島内景二
20	辞世の歌＊		松村雄二

第Ⅱ期　20冊　2011年（平23）10月配本開始

21	額田王と初期万葉歌人＊	ぬかたのおおきみ しょきまんようかじん	梶川信行
22	東歌・防人歌＊	あずまうた さきもりうた	近藤信義
23	伊勢＊	いせ	中島輝賢
24	忠岑と躬恒＊	みぶのただみね おおしこうちのみつね	青木太朗
25	今様＊	いまよう	植木朝子
26	飛鳥井雅経と藤原秀能＊	まさつね ひでよし	稲葉美樹
27	藤原良経＊	ふじわらのよしつね（りょうけい）	小山順子
28	後鳥羽院＊	ごとばいん	吉野朋美
29	二条為氏と為世＊	にじょうためうじ ためよ	日比野浩信
30	永福門院＊	えいふくもんいん（ようふくもんいん）	小林守
31	頓阿＊	とんな（とんあ）	小林大輔
32	松永貞徳と烏丸光広＊	ていとく みつひろ	高梨素子
33	細川幽斎＊	ほそかわゆうさい	加藤弓枝
34	芭蕉＊	ばしょう	伊藤善隆
35	石川啄木＊	いしかわたくぼく	河野有時
36	正岡子規＊	まさおかしき	矢羽勝幸
37	漱石の俳句・漢詩＊		神山睦美
38	若山牧水＊	わかやまぼくすい	見尾久美恵
39	与謝野晶子＊	よさのあきこ	入江春行
40	寺山修司＊	てらやましゅうじ	葉名尻竜一

第Ⅲ期　20冊　2012年（平24）6月配本開始

41	大伴旅人＊	おおとものたびと	中嶋真也
42	大伴家持	おおとものやかもち	池田三枝子
43	菅原道真	すがわらのみちざね	佐藤信一
44	紫式部＊	むらさきしきぶ	植田恭代
45	能因★	のういん	高重久美
46	源俊頼＊	みなもとのとしより（しゅんらい）	高野瀬恵子
47	源平の武将歌人＊		上宇都ゆりほ
48	西行★	さいぎょう	橋本美香
49	鴨長明と寂蓮＊	ちょうめい じゃくれん	小林一彦
50	俊成卿女と宮内卿	しゅんぜいきょうじょ くないきょう	近藤香
51	源実朝＊	みなもとのさねとも	三木麻子
52	藤原為家＊	ふじわらためいえ	佐藤恒雄
53	京極為兼★	きょうごくためかね	石澤一志
54	正徹と心敬＊	しょうてつ しんけい	伊藤伸江
55	三条西実隆	さんじょうにし さねたか	豊田恵子
56	おもろさうし＊		島村幸一
57	木下長嘯子	きのした ちょうしょうし	大内瑞恵
58	本居宣長＊	もとおりのりなが	山下久夫
59	僧侶の歌＊	そうりょのうた	小池一行
60	アイヌ神謡集ユーカラ		篠原昌彦

＊印は既刊。　★印は次回配本。

『コレクション日本歌人選』編集委員（和歌文学会）

松村雄二（代表）・田中　登・稲田利徳・小池一行・長崎　健